첨단 칸타타 빌라

성보경 연작소설

첨단 칸타타 빌라

차례

해설

경우 있는 날

*

경우 씨가 장미를 한 아름 들고 집으로 찾아왔다. 난생 그렇게 많은 장미를 받아 본 것은 처음이었다. 더구나 남자에게. 족히 백 송이는 될 듯했다. 그는 마룻바닥에 무릎을 꿇었다. 사장님 한 번만 봐주세요. 밀린 월세는 곧 내겠습니다. 계약서에는 두 달 이상 월세가 밀리면 임대인이 임차인을 내보낼 수 있다고 적혀 있다. 내 앞에서 무릎을 꿇은 남자도 처음이고, 백 송이 장미를 선사한 남자도 처음이었다. 경우 씨가 나를 연모하나? 속으로 생각했다. 흥분되고 감격해서 내가 신이라면 그가 지은 모든 죄를 사하여 줄 것 같았고, 그깟 월세

따위는 괜찮아 염려하지 마라, 눈감아 줄 것 같은 마음이었다. 경우 씨는 입을 다물지 못하고 놀라서 감격하는 나를 쳐다보고는, 참 이상한 사람이네, 정신이 이상한가, 생각하는지 외려 더 놀란 눈치였다. 나중에 알고 보니 그 장미는, 경우 씨가 일한 적이 있는 화훼 농원에서 얻어 온 것이었다. 딱한 사정을 들은 화원 주인이 내게 꽃을 갖다줘 보라고 했단다. 연모하는 마음이 아닌, 밀린 월세 때문에 꽃다발을 내밀었다니, 김이 팍 샜다. 그래도 백 송이 장미 꽃다발을 받으니 기분이 날아갈 것 같았다. 경우 씨는 공짜로 얻어 온, 상품 가치가 떨어져 팔지도 못한 꽃으로 집주인의 마음을 돌릴 수 있으리라고는 생각도 못했을 것이다.

그날 이후 경우 씨는 종종 장미 다발을 들고 왔다. 그뿐 아니라 잡초가 무성한 우리 건물 일 층 화단에 꽃을 심기 시작했다. 내 환심을 사려고 그런지, 자기가 좋아서 그런지 모르지만.

경우 씨가 모종삽으로 땅을 팠다. 비닐 화분에서 마리골드를 꺼내어 화단에 심었다. 그렇지 않아도 나는 해충을 방지할 겸 화단에 마리골드를 심을까 벼르던 참이었다. 길가의 화단이라서인지 지나가는 사람들이 담배꽁초나 쓰레기를 버리곤 했다. 화단에 꽃이 피어 있으면 담배꽁초나 쓰레기를 덜 버릴지 몰랐다.

지금 심는 것도 얻어 왔어요?

나는 화훼 농원에서 얻어 왔으리라 짐작했다. 농원 주에게 작은 답례라도 해야겠다고 생각하던 참이었다.

저-기 동사무소 앞에 있던데요.

경우 씨는 쪼그려 앉은 채 행정 복지 센터를 향해 손가락을 가리켰다.

나는 행정 복지 센터 앞길에 잘 가꾸어진 화초들이 떠올랐다.

예에? 거기 있는 걸 갖고 오면 어떡해요! 시민을 위한 공용 재산인데. 걸리면 벌금 물어요.

동사무소 앞에 있으나 여기 있으나…… 여기도 지나가는 시민이 꽃을 보고 즐길 수 있으니까요. 동사무소 앞엔 꽃이 넘쳐 나더만, 꽃 몇 송이 여기다 심어 놓는다고 지구가 망한대요?

일리가 없는 건 아니었다. 행정 복지 센터 앞 넓은 도로에는 철마다 잘 가꾸어진 꽃들이 심겨 있었다. 그 반면, 뒷길의 우리 동네에는 담배꽁초가 흰 꽃잎처럼 널려 있거나 쓰레기가 나뒹굴었다. 행정 복지 센터 앞

을 지날 때마다 나는 보여 주기식 행정이라고 구시렁
거렸다.

아, 그래도 그런 거 갖다가 심지 마요. 그건 경우가
아니니까요.

나는 수치심을 느꼈다. 우리 화단의 철쭉을 파 간
인간이나 경우 씨나 똑같다는 생각이 들었다. 작년 식
목일에 덕만이 시장에서 겹철쭉과 영산홍 몇 그루를
사서 화단에 심었다. 며칠 지나서 보니까 겹철쭉을 누
가 캐 갔는지 구덩이만 횅뎅그렁했다. 장미를 심어 놓
으면 없어졌고, 백합도 심어 놓으면 없어졌다. 구덩이
에 누가 몰래 개똥을 버려 놓기도 했다. 개똥 냄새가 난
다고 이 층에 사는 세입자가 항의했다. 개똥으로 거름
하라고 그런 모양이다, 덕만은 흙으로 개똥을 묻으며
웃었다. 나는 개새끼든 사람 새끼든 잡히기만 하면 손
모가지를 분질러 놓겠다고 욕을 퍼부었다.

꽃 도둑은 도둑이 아니래요.

도둑이 아니긴요. 진짜 치사한 도둑이지. 난 공범으
로 몰리기 싫어요.

경우 씨는 행정 복지 센터 앞에 있는 꽃뿐 아니라,
공원에 있는 영산홍이나 명자나무, 꽃잔디 등을 슬쩍

해 와서 화단에 심었다. 나머지는 동네 가로수 밑이나 잡초가 무성한 콘크리트 틈새, 앞집 피시방, 건너편 편의점 앞에 심었다. 쓰레기와 담배꽁초가 무성하던 동네가 꽃대궐로 변했다. 겨울이면 그는 동네 가게 밖에 방치된 나무를 원룸 복도로 옮겨 놓았다. 고무나무는 추운 날씨에 밖에 있으면 말라 죽거나 얼어 죽기 십상이에요, 말했다. 그래도 주인한테 말을 하고 가져와야죠. 안 그러면 점유 이탈물 횡령죄에 걸려요. 나는 대꾸했다. 사람들이요, 길고양이는 얼어 죽을까 봐 먹이도 주고 집도 지어 주고 야단법석을 떨지만요, 식물은 말라 죽어도 눈 하나 깜빡 안 해요. 다 같은 생명체인데. 사장님은 그렇지 않죠? 경우 씨는 내 말이 고까운지 콧방귀를 뀌며 말했다. 나는 양심에 찔려서 입을 다물었다. 상가에서 버려지다시피 한 관엽 식물들이 경우 씨손을 거치면 다시 새잎이 나고 튼튼하게 자랐다. 복도나 엘리베이터 앞에 그가 갖다 놓은 나무들이 어느 순간 사라졌다. 경우 씨가 화훼 농원에 되판 게 아닐까. 그럼에도 원룸에는 따뜻한 봄바람이 불었다.

엘리베이터를 타려다 문득 사이렌 경광등 함이 열려 있는 걸 보았다. 낡아서 느슨해진 닫힘 버튼을 꽉 눌러 닫았다. 사이렌이 울려서 경광등이 발광하는 일이 없기를 간절히 빌었다.

아니나 다를까 그날 밤 사이렌 소리가 울렸다. 시끄러워 한밤중에 잠에서 깼다. 나는 허둥거리며 잠옷 차림으로 뛰쳐나갔다. 엘리베이터를 탔다. 마음이 급하니 유난히 느리게 내려가는 느낌이었다. 건물 밖으로 나오니 사이렌 소리는 더 크게 비명을 질렀다. 상가의 네온사인 불빛이 무심히 반짝였다. 인도에 대피해 있던 세입자가 불난 거 아니냐며, 몇 번이나 전화했는데 사장님이 전화를 안 받아서 119에 신고했다고 말했다. 휴대폰을 진동으로 해 놓고 깊이 잠든 바람에 벨 소리를 듣지 못했다. 불이 난 건 아닐 것이다, 화재경보기가 예민해서 방에서 담배를 피워도 연기 때문에 경보기가 울린다, 일단 안심시켰다. 혹시 불이 나서 불꽃이 비치는 방이 있는지 창을 살폈다. 영업이 끝난 일 층 가게 문을 열고 들어갔다. 불을 켜고 화재경보기 함을 열었다. 삼 층 칸에서 빨간 불빛이 깜박거렸다. 몇 호인지 표시가 없어 경보기가 울린 방을 정확히 알 수 없었다. 얼른 차단기를 내렸다. 경보기 소리는 단숨에 죽었다. 그럼에도 소방차 사이렌 소리는 가까이 들렸다. 소방차 두 대가 소방 도로에 멈추었다. 사람들이 몰려들었다. 소방대원이 가게 안으로 들어왔다. 불이 난 건 아닌 것 같다, 나는 말했다. 소방대원과 삼 층으로 올라갔다. 짚이는 데가 있었다. 설마? 또? 경우 씨가 203호에 살 때 휴대용 가스레인지에 찌개를 끓이다 잠이 들었던 적이 있다. 불이 옮겨붙어 가구가 약간 그을렸다. 전기 레인지를 놔두고 휴대용 가스레인지를 사용할 게 뭐냐고 하니까, 전기 레인지는 화력도 약하고 휴대용 가스가 있는데 버릴 수 없어서 사용했다고 변명했다. 소방대원은 301호 벨을 누르고 문을 두드렸다. 나는 301호 맞은편의 306호 벨을 눌렀다. 응답이 없었다. 이 방부터 봐 주세요. 다리를 다쳐 제대로 움직이지 못하는 경우 씨가 틀림없을 것 같았다. 306호 방문을 쾅쾅 두드렸다. 문이 열리지 않았다. 마스터키로 문을 열었다. 방 안으로 들어갔다.

어떤 남자가 코를 골며 바닥에서 자고 있었다. 전기 레인지 위 냄비에서 음식 냄새가 강하게 났다. 얼른 전기 레인지 불을 껐다. 자는 남자를 다시 쳐다보니 민머리였다. 306호가 아닌가? 방을 잘못 들어왔을까? 남자의 얼굴을 다시 쳐다보았다. 얼굴은 경우 씨인데 머리는…… 그러고 보니 한쪽에 가발이 놓여 있었다. 늘 헬멧을 쓰고 다녀서 민머리라고는 생각조차 못 했다. 옴팍 속은 기분이었다. 상 위에는 막걸리 통과 김치와 참치 통조림 등이 놓여 있었다. 경우 씨 일어나 봐요! 불났어요! 불! 큰소리에도 그는 꼼짝하지 않았다. 소방대원이 창문을 열었다. 나는 경우 씨 어깨를 흔들었다. 그제야 경우 씨가 눈을 떴다. 멀뚱히 나를 쳐다보며 길게 하품했다. 뭔 일이래요? 영문을 모르겠다는 듯한 멍한 표정으로 경우 씨는 되물었다. 불날 뻔했잖아요! 불나면 혼자만 죽는 게 아니고 경우 씨 때문에 수십 명이 죽어요. 이러면 방 빼셔야 해요! 찌개 끓이다가 잠든 줄도 모르게 잠들었구먼, 그는 머리를 긁적였다. 머리카락도 없는 머리를 긁적이는 그를 보자 풋 웃음이 터지려고 했다. 이 와중에 웃음이 나는 나도 머리가 약간 모자란 인간이 아닌가 싶었다. 여기가 아닌데요! 불 냄새가 위에서 나는데요. 창가에 선 소방대원이 말했다. 그러고 보니 방 안에 연기가 나지 않았다. 불이 난 흔적도 없었다. 아무래도 이상했다. 덜렁대다 오 층에 경보기 표시가 된 것을 삼 층으로 잘못 봤나? 아차! 늦은 밤 자다가 일어나 물을 끓였는데 가스레인지 불을 껐나 안 껐나?

나는 집으로 뛰어 올라갔다. 주방에 연기가 가득했다. 생선 타는 냄새가 지독했다. 가스레인지 불은 꺼졌지만, 생선 그릴이 약하게 틀어져 있었다. 어제저녁에 생선을 굽고 가스 그릴의 불을 끈다고 껐는데, 레버를 완전히 잠그지 않아 약하게 틀어져 있던 모양이었다. 나는 가스의 중간 밸브를 잠갔다. 뒤쫓아 온 소방대원이 조심하셔요, 말했다. 나는 민망해서 죄송하다고 거듭 고개를 숙였다. 소방대원이 가고 나서 숨을 돌리는데, 어떻게 되었어요? 경우 씨의 문자가 왔다. 나는 쪽팔려서 얼굴을 못 들 지경이었다. 덕만의 핑계를 댔다. 남편이 실수로 그릴의 불을 완전히 끄지 않았나 봐요. 경우 씨를 오해했어요, 미안합니다. 답 문자를 보냈다. 뭘요, 그럴 수도 있죠.

다음 날, 봉우리를 맺은 흰 목련과 활짝 핀 개나리가 현관문 앞에 택배처럼 놓여 있었다. 경우 씨가 갖다 놓았을 거다. 공원이나 길가, 아니면 우리 화단의 목련 가지를 꺾어 왔을지 모른다. 사람을 뭘로 보고…… 모욕감을 느꼈다. 그 꽃을 바닥에 확 패대기치려다 손을 거두었다. 그날의 일이 떠올랐기 때문이다.

초등학교 오 학년 때, 당번이었다. 당번은 교실 화

병에 꽃을 꽂아 놓아야 하는데 사 갈 형편이 안 되었다. 걱정되어 밤새 잠을 못 자고 뒤척였다. 월요일 아침, 엄마가 들에 지천으로 핀 개망초를 꺾어 와 신문지에 싸 주었다. 창피하게 이걸 어떻게 갖고 가느냐, 꽃집에서 사 가야 한다고 떼를 쓰며 울었다. 학교 가기 싫으면 가지 마, 엄마가 엄포를 놓았다. 학교 갈 시간이 다가왔으나 빈손으로 가면 선생에게 혼이 날 것 같고, 학교에 안 갈 수는 없고. 어쩔 수 없이 신문지에 싼 개망초를 들고 학교에 갔다. 교실 화병에 꽂아 놓자, 개망초의 흰 꽃잎과 노란 꽃술이 떨어져 교탁이 지저분해졌다. 조회 때 선생이 물었다. 이 꽃 누가 갖고 왔노? 반 아이들이 나를 지목했다. 갖다 버려라! 앞으로 당번은 이런 풀 갖고 오면 안 된다 알았나! 얼굴이 벌게진 나는 고개를 푹 숙였다. 눈물이 책상 위로 뚝뚝 떨어졌다. 선생도 미웠고 아이들도 미웠고 엄마도 미웠다. 그때의 상처가 피어올랐다. 꽃이 뭔 죄가 있나. 찝찝하지만 화병에 꽂았다. 거실에 봄이 완연했다.

따뜻한 봄날, 방을 보러 온 경우 씨는 헬멧을 쓰고 몸에 딱 붙는 검정 라이더 바지에 라이더 재킷을 걸쳤다. 호리호리한 몸매에 재바르게 보였다. 근처 중국집

만리장성에서 오토바이 배달을 한다고 했다. 서남향의 8.45평인 301호를 부동산도 거치지 않고 계약서를 작성했으므로 중개 수수료 냈다, 생각하고 월세를 만원 깎아 주었다. 코로나19 때는 오히려 호시절이라며 주문이 밀려 명절 대목처럼 바쁘다고, 월세 낼 시간도 없다고 두 달 치를 선납하기도 했다.

배달이 뜸한 시간에 집에 잠시 쉬러 온 경우 씨는 주차장에서 페인트칠하는 덕만을 보았다.

얼랄라, 사장님 그렇게 칠하면 안 돼요. 롤러 이리 줘 보세요.

덕만의 롤러를 받아 든 경우 씨는 주차선에 반듯하게 노란색 페인트를 칠했다. 덕만은 붓을 집어 들었다.

아이고, 제가 할 테니까 사장님은 가만히 계세요.

당신은 가만히 있는 게 도와주는 거라니까.

나는 덕만에게 핀잔을 주었다. 페인트칠하는 경우 씨 솜씨가 예사롭지 않았다. 왼손 엄지가 짤막했다. 설핏 보니 왼손 엄지 끝마디가 없었다.

페인트칠 해 봤어요?

이까짓 페인트칠은 일도 아녜요. 제가 노가다 좀 뛰었죠. 극한 알바는 다 해 봤어요. 여기 오기 전에 택배

상하차했거든요. 책 공장 정합도 하고…….

덕만이 혼자 했으면 온종일 걸릴 페인트칠이 경우 씨가 잠깐 움직이자 금방 끝났다. 저녁 식사에 경우 씨를 초대했다. 한우를 굽고 적포도주를 내놓았다. 와인 잔에 포도주를 따랐다. 그는 마지못한 듯 와인을 마셨다. 막걸릿잔 없어요? 경우 씨가 물었다. 나는 노란 양은 막걸릿잔을 꺼내어 경우 씨 앞에 놓았다. 제가 마실 것은 가지고 다녀요. 그는 검은 비닐봉지에 든 막걸리 통을 꺼냈다. 막걸리가 밥이거든요, 벌컥벌컥 들이켜고는 트림했다. 가만히 있을 때는 오른손으로 엄지 끝마디가 없는 왼손을 가렸다. 그의 버릇 같았다.

내 꿈은 원룸을 다 살아 보는 거예요! 대한민국 땅 구석구석 안 가 본 데가 없고, 안 살아 본 곳이 없어요. 순전히 방랑벽이죠!

나는 속으로 가진 사람들은 아파트든 뭐든 마음대로 옮겨 다닐 수 있지만, 서민이라고 그깟 원룸 하나 마음대로 못 살아 본다는 건 말이 안 되지, 싶었다. 덕만과 나는 경우 씨의 말을 들으며 웃거나 아, 그래요, 추임새를 넣었다. 경우 씨는 젊은 날, 방랑벽으로 아내를 놓쳤다고 했다. 나이 들고 보니 미안한 마음이 들었단다. 이왕 헤어졌지만 속죄하는 마음으로 방랑벽을 잡아 보려고 노력한다며 속을 털어놓았다. 그래서 방마다 옮겨 다니는 걸까.

이사 나간 304호 세입자와 가구 변상 문제로 문을 열어 놓은 채 언성을 높이며 통화 중이었다. 개가 냉장고 문을 물어뜯어서 망가뜨려 놓았고, 침대 나무 프레임은 이빨로 갉아서 상처가 났으며, 개 오줌 자국으로 얼룩져 있었다. 날카로운 내 목소리가 밖으로 새어 나갔는지 경우 씨가 304호 문 앞에 서 있었다. 나는 민망해 전화를 끊었다. 경우 씨가 방으로 성큼 들어왔다.

이 방 청소하려면 애 좀 먹겠는데요. 개털이 장난 아니네. 개털로 이불도 만들겠어요. 싱크대 전등도 갈아야겠고, 근데 이 방은 내 방하고 구조가 다르네요?

그는 커튼을 젖히고 304호를 살폈다.

네, 1호 2호 3호는 구조가 같고, 4호 5호 6호는 방 크기와 평수며 월세도 각각 달라요.

제가 이 방으로 옮기면 안 될까요? 한 일 년 한곳에 사니 좀이 쑤셔서요. 청소는 제가 할 테니 사장님은 걱정 붙들어 매셔요.

진짜요?

청소한다는 말에 반색하여 얼른 승낙했다. 개와 사람이 동거하던 방을 사람만 살 수 있게 청소하려면 나는 몸살이 날지도 몰랐다.

이 방은 남향이라 햇볕이 잘 들어요. 창도 두 개고요. 화장실 창이 밖으로 향해서 환기도 잘 되고, 월세도 이만 원 싸요.

나는 304호의 장점과 월세가 이만 원 낮다는 것을 강조했다. 304호는 건물의 코너였다. 네모반듯하지 않고, 한쪽 귀퉁이가 떨어져 나간 모양새였다. 그 때문에 선호도에 따라 호불호가 갈렸다. 경우 씨는 304호에서 10개월을 살았다.

405호 세입자가 중도 퇴실하자 경우 씨는 그 방이 빠지길 기다린 사람처럼 방 안을 둘러보았다. 405호 세입자는 여자친구가 임신해서 서둘러 결혼한다고 중도 퇴실했다. 405호에 새것이나 진배없는 전기 온수 매트, 식기류, 전기밥솥, 라면과 양념류, 하물며 냉장고에 쇠고기도 놓아두고 갔다.

사장님, 제가 이 방으로 옮기고 이거 쓰면 안 될까요?

그러세요. 대신 청소는 직접 하셔야 해요.

나는 이사 나간 원룸을 청소하는 게 제일 힘들었다. 경우 씨에게 청소를 떠넘기니 무거운 숙제를 해결한 것 같았다.

도배는 새로 해야겠는데요, 벽지만 사 주시면 도배는 제가 할게요.

덕만이 흔쾌히 흰 벽지와 풀을 사 주었다.

그 뒤부터 경우 씨는 세입자가 나가면 용케 알고 그 방으로 찾아왔다. 세입자가 두고 간 물건을 사용하거나 당근마켓에 나눔으로 올렸다.

306호 방이 빠지고 나는 파손된 가구가 없는지 점검 중이었다. 방 빠졌어요? 그는 어슬렁거리며 306호에 들어와 냉장고를 열었다. 그 방은 평수도 작고 앞 건물 모텔에 가려져 햇볕이 잘 들지 않았다. 창을 열면 모텔의 섹스 장면이 적나라하게 보였다.

여기는 방이 작네요. 몇 평이에요?

경우 씨가 창을 열고 밖을 내다보았다. 모텔 방 안이 보였는지 곧 창을 닫았다.

잠자기 딱 좋아요. 어두워서 낮에도 자기 좋죠.

월세가 어떻게 돼요?

싸게 해 줄게요. 보증금 삼백 받는데, 경우 씨가 산

다면 이백에 월 사십. 오케이?

미안하지만 보증금에서 월세 밀린 거 까고 306호로 옮기면 안 될까요?

보증금에서 월세를 제한다니 썩 내키지는 않았다. 그러나 여름은 비수기라서 6호 방은 세입자 구하기가 어려웠다.

그러세요. 대신 월세 밀리면 안 돼요.

경우 씨가 살던 405호는 정남향이라 세입자 구하기 쉬웠다.

그는 싱크대를 열고 라면 묶음을 찾아냈다.

청소, 하실 거죠! 화장지랑 세제도 두고 갔던데.

경우 씨는 내 말이 끝나기 무섭게 화장실로 갔다.

어, 화장실에 불이 안 들어오네요. 전구만 사 주세요, 제가 갈려니까요.

경우 씨는 405호에서 306호로 옮겼다. 306호로 옮기고부터 월세가 자꾸 밀렸다. 그가 우리 원룸에서 안 살아본 데는 옥탑방뿐이었다. 그의 마지막 방은 어디일까, 궁금했다. 보증금도 월세로 다 까먹고 석 달 치 월세가 밀려 있었다.

경우 씨는 동네의 빈 땅과 뒷골목에도 꽃을 심고 가

꾸면서 잘 지내는 줄 알았는데, 뜻밖에도 다리에 깁스한 채 편의점 앞에서부터 목발을 짚고 걸어오고 있었다. 요즈음 통 안 보이데요? 오토바이도 안 보이고. 다리는 어떻게 된 거예요? 병원 갔다 오는 길인데 지금은 많이 좋아졌어요. 언 도로에서 오토바이가 미끄러지면서 넘어져 다리를 다쳤고, 오토바이는 박살이 나서 폐기 처분했단다. 월세를 못 줘서 미안합니다, 그는 머리를 긁적이며 말했다. 길에서 경우 씨가 먼저 월세 이야기를 꺼내니까 나는 시도 때도 없이 아무 곳에서나 밀린 월세를 달라고 하는 경우 없는 집주인이 된 것 같았다. 날씨가 참 좋네요, 나는 대꾸했다. 그는 자꾸 미안하다고 말했다. 아, 그만 좀 미안하고. 월세나 달라고!

목발을 겨드랑이에 끼고 비척거리며 걸어가는 그의 뒷모습이 안쓰러웠다. 나는 천천히 그의 뒤를 따랐다. 경우 씨가 현관 비밀번호를 눌렀다. 추운 날씨에 왼손 엄지가 시려 보였다.

다리 깁스를 푼 경우 씨가 막걸리 통 서너 개를 분리수거함에 버리는 모습이 CCTV에 포착되었다. 월세도 안 내면서 막걸리는 무슨 돈으로 사 먹는지 모르겠다고 나는 투덜거렸다. 알고 봤더니, 유통 기한이 임박하거나 지나서 팔지 못한 막걸리를 경우 씨가 달라고 해서 그냥 주었다고, 대신 먹고 탈 나는 것은 책임을 안 지기로 약속했으니, 나더러 눈감으라고 편의점 사장이 귀띔했다. 그래도 건강하니 막걸리를 마시는 게 아니겠느냐고 웃었다. 나는 주차장으로 내려가 가득 찬 분리수거함을 비웠다. 부추를 다듬은 찌꺼기를 음식물 통에 버렸다.

봄에 올라온 초벌 부추로 김치를 담는 중 전화가 왔다. 경우 씨였다. 위생 장갑을 낀 손에 김치 양념이 범벅이었다. 안 받으려다, 혹여 밀린 월세를 송금했다는 전화일지 몰라 위생 장갑을 벗고 전화를 받았다.

우리 아들이 이번에 군에서 사단장 표창장을 받았다네요.

아들 자랑할 때면 경우 씨는 목에 힘을 주고 어깨를 근들거리며 가오를 잡았다. 아, 그래요, 참 좋겠네요, 고개를 끄덕이며 호응해 주니 진짜 좋아서 그런 줄 아는 모양이었다. 나는 배알도 없는 줄 알어.

김치 담는 중이라 길게 통화 못 하니 요점만 말하세요.

군대 간 아들 면회를 하러 가야 하는데 미안하지만

오십만 원만 빌려주세요.

아들이 똑똑하다는 건 알겠는데요, 보증금도 다 까먹고 월세가 석 달이나 밀린 거 아세요? 경우 씨가 또 꽃을 들고 집으로 찾아올까 봐 쌀쌀맞게 말했다. 나 꽃 안 좋아해요! 꽃 필요 없다고요! 전화를 탁 끊었다.

다른 집 같으면 벌써 쫓아냈을 거야, 나나 되니 봐주고 있는 거지, 구시렁거렸다. 거실에서 지켜보던 덕만이 말했다. 말이 너무 심한 거 아니야. 당신 아들이 군대 있을 때 생각해 봐, 통박을 줬다. 하기야 아들이 강원도 전방에서 군 복무할 때 면회를 가지 못한 게 늘 마음에 걸렸다. 경우 씨 아들 또한 부모가 면회 오기를 애타게 기다릴지 몰랐다. 한편으론 월세도 제대로 안 주면서 자식 자랑으로 염장을 지르는 얄미운 경우 씨. 두 마음 사이에 갈등이 일었다. 그러다 아까 젓갈 넣은 것을 깜박하고 멸치젓갈을 또 넣었다. 김치가 짰다. 결국 오십만 원을 송금했다.

돈을 송금하고, 우연히 만난 게임랜드 사장이 경우 씨에게 돈을 빌려주지 말라고 말했다. 자기네 가게에서 행패를 부리고 손님들과 싸워서 출입 금지시켰단다. 그놈의 사쿠라에 미쳐서…… 사쿠라를 기다리느라…… 경우 씨는 화투 도박 게임을 하면서 삼월 벚꽃 광에 집착했다고 한다. 벚꽃은 부와 번영을 상징한다고 말이다. 경우 씨는 내가 준 오십만 원을 인터넷 도박으로 잃은 걸까. 화가 나서 미치고 팔짝 뛸 노릇이었다. 오십만 원은 물 건너갔지, 싶었다. 돈을 빌려주라며 은근히 압력을 가한 덕만에게 흰자 칠십 퍼센트 검은자 삼십 퍼센트로 눈을 흘기며 원망의 화살을 쏘았다. 소문에 의하면 경우 씨는 예전에 강원랜드에서 전 재산을 잃고, 개평을 뜯은 돈으로 게임을 하며 빌어먹고 살았다. 돈을 왕창 따고는 게임에 손을 씻는다며 엄지 끝마디를 잘랐다. 며칠 쉬니 빈손이 허전해서, 빈손을 견딜 수 없어서 다시 손장난하던 버릇이 도졌다나 어쩼다나. 제 버릇 개 줄까. 감방에 안 간 것만도 다행이라고 해야 할까.

게임랜드 앞에 세워 놓은 풍선 바람 인형이 어서 와 어서 와, 하며 춤을 췄다. 피시방에서 나오는 경우 씨와 마주쳤다. 눈알이 노리끼리하고 수염이 덥수룩했다. 얼굴은 살이 빠져 푸석하고 초췌해 보였다. 오늘은 밥값을 했네, 씩 웃으며 돈을 호주머니에 넣었다. 피시방에 죽치고 살더니 몰골은 형편없어도 돈을 딴 걸까. 바람이 거세게 불었다. 그가 머리에 손을 얹었다. 가발이 바람에 벗겨질까 조마조마했다. 소나기가 오려는지 바람에 비 냄새가 났다. 건너편 도로의 1차선을 달리던 트럭에서 폐페트병 묶음과 폐종이 묶음이 떨어졌다. 거센 바람에 춤을 추며 도로에 흩날렸다. 트럭이 멈추었다. 비상등을 켜고 차를 세웠다. 운전사가 차에서 내려 그것들을 주워서 트럭에 던졌다. 나와 함께 그 모습을 지켜보던 경우 씨가 주차장에 있는 쓰레기봉투와 빗자루를 들고 도로를 가로질러 갔다. 경우 씨는 운전사를 도와서 나뒹구는 종이와 차바퀴에 눌려 빈대떡처럼 납작해진 페트병을 주워 트럭에 던졌다. 그리고 중앙 분리대 화단으로 들어가 삐비꽃에 꽃잎처럼 달라붙은 종이를 주웠다. 1차선을 달리던 차들이 길게 정체되었다. 빵빵, 클랙슨 소리가 요란하게 울렸다. 다른 차선에서 운행하던 차들이 페트병과 종이를 뭉개고 지나갔다. 아무도 차에서 내려 그들을 돕는 사람이 없었다. 도로가 얼추 정리되자 트럭 운전사가 차에 올랐다. 경우 씨에게 고맙다는 말도 없이 사라졌다. 경우 씨는 표지판도 세워 놓지 않은 도로에 남아서 이리 뛰고 저리 뛰고 바람에 날리는 페트병을 주워 쓰레기봉

투에 담았다. 2차선에 날아다니는 페트병을 집으려고
하자 달리던 벤츠가 끼익, 급정거했다. 운전석 창을 내
리며 뭐라고 욕을 하는 것 같았다. 쳐다보는 나는 간이
졸아드는 것 같았다. 차들이 경우 씨를 피해 운행했다.
1차선에 정체한 차들이 2차선으로 끼어들자 클랙슨을
울리며 난리였다. 사고가 날까 아슬아슬했다. 저건 무
슨 경우인가? 굳이 위험을 무릅쓰고? 적당히 치워 놓으
면 쓰레기차가 와서 말끔히 치울 텐데, 그러면 모두가
안전할 텐데 말이다. 순찰차가 와서 경우 씨 앞에 멈추
었다. 경찰이 경우 씨를 돌려보냈다. 그는 쓰레기봉투
를 들고 도로를 건너왔다. 그제야 나는 숨을 깊이 내쉬
었다.

　대충하지, 사고 나면 어쩌려고 그랬어요? 운전하는
사람도 생각해야죠.

　치우는 김에 깨끗하게 치워야지요. 화장실 갔다 뒤
를 안 닦은 것처럼 걸쩍지근하게…… 저기 봐요, 아직
도 종이가 날아다니잖아요. 오토바이 타는데 종이가
날아와서 시야를 가리면 진짜 위험하거든요.

　경우 씨는 아쉬운 듯 고개를 돌려 도로를 쳐다보며
말했다. 오른손으로 왼손을 가리며 서 있었다. 언젠가

덕만과 세면대를 고치러 갔을 때 깔끔하게 정리정돈된 경우 씨 방이 떠올랐다. 화장실의 수건은 네모반듯하게 각이 잡혀 개켜져 있었고, 샴푸와 보디 클렌저 등 욕실용품은 키 순서로 줄 맞춰 있었다. 샤워기는 반질반질 윤이 났다. 웬만한 여자보다 깔끔하네, 당신은 왜 이렇게 못해, 하며 덕만은 내게 핀잔을 주었다.

모처럼 집 앞을 청소하는 중이었다. 난데없이 구급차 소리가 요란하게 울렸다. 구급대원이 들것을 밀고 현관 앞에 멈추었다. 몇 호에서? 무슨 일일까? 번뜩 스친, 원룸의 고독사! 만일 그렇다면 건물에 펜스가 쳐지고…… 경찰이 오고…… 뉴스에 나고…… 세입자들이 떼거리로 나간다며 보증금을 돌려 달라고 아우성치고…… 건물 이미지가 나빠져 원룸에 들어오는 사람도 없을 테고…… 은행에서 압류가…… 집이 경매에 들어가고…… 그럼 쫄딱 망한 거지, 생각들이 파노라마처럼 펼쳐졌다. 제발 고독사는 아니길 예수님 부처님 알라신 조상신 조왕신 고무신 처신 배신 베드 신 내가 알고 있는 신을 총동원하여 빌었다. 잠시 후 누군가 들것에 실려 나왔다. 경우 씨였다. 모포 밖으로 맨발이 드러나 갈라진 뒤꿈치가 보였다. 구급차가 경보기를 울리며 떠났다. 무슨 일인지 모르지만 휴, 그래도 살아 있어서 다행이었다. 별일 아니길, 빌었다.

사흘쯤 지났을까. 경우 씨가 다 죽어 가는 목소리로 전화했다.

사장님 방을 빼야겠어요. 몸이 많이 안 좋아서……
월세는 미안하게 됐습니다.

어디 아프세요?

간암이래요. 병원에서 준비하라고…….

그런 말이 어딨어요, 아직 젊은데. 월세는 괜찮아요, 살다 보면 그럴 수도 있죠. 돈 많이 벌면 그때 주세요. 그러니 어서 털고 일어나세요.

나는 경우 씨가 죽을지도 모른다는 생각에 평소의 야박한 마음과 달리 원래 착한 사람인 듯 마음이 너그러워졌다. 경우 씨는 자꾸 미안하다고 말했다. 나는 목이 메고 눈물이 나려고 했다. 있을 때 좀 더 잘해 줄 걸 후회도 되었다. 병문안을 갔다. 병실에 누워 있는 그를 보고 생각했다. 이 세상에서 경우 씨의 마지막 방은 병실이 아닐까.

경우 씨 짐을 정리하고 방을 청소했다. 혼자 사는 남자 특유의 페로몬 냄새가 났다. 창을 열어 환기를 시켰다. 전기 공급을 끊겠다는 경고장이 306호 문 앞에 붙어 있었다. 전기세 고지서, 도시가스 고지서, 카드 회사에서 날아온 우편물이 우편함에 쌓여 있었다. 방 안에 가발은 보이지 않았다. 구급차를 타고 가면서도 가발은 쓰고 갔을까. 민머리인 줄 알았는데 항암 치료로 머리가 빠져 가발을 썼을까. 옷장을 여니 헬멧 하나와 라이더 옷 한 벌이 남아 있었다. 씻고 벗고 단 두 벌인 라이더 옷이 일할 때는 작업복으로, 잘 때는 잠옷으로, 결혼식에는 하객룩으로, 평소에는 일상복으로 변한다고 경우 씨가 말했었다. 저승 갈 때는 수의가 되겠네요, 대꾸하며 둘이서 농을 주고받던 장면이 떠올랐다. 냉장고 안에는 이사 나간 세입자 방에서 갖고 온 듯한 햇반, 고추장, 즉석식품 등이 들어 있었다. 만화 삼국지, 화훼 책이 책상에 놓여 있었고, 그 옆에는 한 뼘 크기의 김삿갓 모형물이 놓여 있었다. 김삿갓을 좋아했을까. 방랑벽이 있는 두 사람이 만났으면 얼싸안고 친구가 되었을지 모르겠다.

경우 씨의 부고 문자를 시내버스 안에서 받았다. 마지막 방랑으로 딴 세상으로 떠났다. 어쨌든 그 방랑은 채우고 가지 않았는가? 세입자의 부고를 받기는 처음이었다. 며느리가 둘째를 낳았다는 소식을 듣고 병원에 가는 길이었다. 임신 중에 부정 탄다며 식구들을 상갓집에 절대 못 가게 한 내가 갈 수는 없었다. 화환을 보내려고 인터넷을 검색했다. 상조 화환은 재사용하는 경우가 많다는 내용이 있어 썩 내키지 않았다. 조의금을 십만 원 할까 오만 원으로 할까. 오만 원은 쪼잔하고, 집주인의 체면이 있으므로 다른 데 덜 쓰기로 하고 덕만의 이름으로 십만 원을 송금했다. 받지 못한 석 달 치 방세와 대납한 전기세와 가스세, 빌려준 오십만 원이 진짜 날아갔다는 생각이 들었다. 그 돈이 있으면 며느리 산후조리 비용을 보태 주고, 나는 시내버스를 두세 번 갈아타는 궁상을 떨지 않고 택시로 편하게 갈 수 있었을 텐데 말이다. 그때 버스와 택시 사이로 퀵 오토바이가 정지 신호를 무시한 채 과속으로 달려 나갔다. 가슴이 철렁 내려앉았다. 심장이 쪼그라드는 듯했다. 버스 기사가 클랙슨을 울렸다. 택시 기사가 창을 내리고 너 죽을래! 소리를 질렀다.

다시 생각하면 경우 씨가 306호에서 고독사로 죽지 않은 것만도 다행이었다. 그 파장을 돈으로 환산하면 그까짓 것이 대순가. 참말로 고마워서 넙죽 절을 할

일이었다. 경우 씨 아무런 걱정하지 말고 잘 가요. 나는 버스 안에서 창을 열고 하늘을 향해 손을 흔들었다.

군복을 입은 청년이 집으로 찾아왔다. 계급이 병장이었다. 한 눈에 딱 봐도 경우 씨 아들이구나 할 정도로 얼굴이 빼닮았다. 거실에서 그는 장미 꽃다발을 내밀었다. 경우 씨가 생각나 울컥 목이 멨다. 이 꽃을 내가 받아도 되는 건가. 나는 정작 경우 씨 죽음에 화환도 보내지 못했는데. 미안한 마음에 몸 둘 바를 몰라 선뜻 손을 내밀지 못하고 머뭇거렸다.

실은, 아버지가 생전에 시키신 일이에요. 사장님이 꽃 좋아한다고.

내가 이걸 받아도 되는 건지 모르겠어요. 아무튼 고마워요.

나는 그 꽃을 화병에 담아 성모상 앞에 놓았다.

시계를 보니 점심때였다. 먼 길을 온 손님에게 밥은 먹여 보내야 할 것 같았다. 백년손님인 사위가 와도 안 준다는 아시정구지로 담근 김치가 알맞게 익은 게 생각났다.

점심은 어떻게 했어요? 안 먹었으면 김치에 밥 한 술 뜨고?

감사하지만 근처에서 국밥을 먹고 왔어요. 맛집으로 유명하던데요. 실은 아버지가 마지막으로 살았던 집을 한번 보고 싶었어요. 혹시 아버지 짐이 있을까요?

그 방에 사람이 들어와 살고 있어요. 방을 볼 수 있을지 연락해 볼게요.

나는 306호 새 세입자에게 전화했다.

어떡하죠? 전화를 안 받는데…… 제 마음대로 방을 보여 드릴 수는 없어요. 경우 씨 짐은 다 버렸어요. 청소할 때 세입자가 남겨 놓은 거는 싹 다 버리거든요. 아참, 책은 제가 보려고 가져왔어요.

나는 책장에서『화훼장식 기능사』두 권과『화훼장식 색채학』을 찾았다. 세 권을 아들에게 내밀었다. 아들은 가만히 서서『화훼장식 기능사』책장을 넘겼다. 책을 읽는 건 아닌 듯했다. 책장을 넘기다 멈추었다. 슬픔을 참는 걸까. 큰 도로에서 사이렌 소리를 울리며 지나가는 차 소리가 들리다가 차츰 사라졌다.

다시 책장을 넘기다 책갈피에서 흰 봉투를 발견했다. 편지 봉투에 군부대 주소가 적혀 있었다. 봉투 안에는 편지와 오만 원권 열 장이 들어 있었다. 경우 씨는 인터넷 게임으로 돈을 잃지 않은 걸까. 알 수 없다. 경우 씨 아들은 편지를 읽다 멈추었다. 편지를 도로 봉투에 넣었다.

아버지가 방세 안 낸 거 알고 있어요.

경우 씨 아들이 오십만 원을 내게 내밀었다. 나는 얼떨결에 받았다.

기다려 주시면 제가 꼭 갚을게요.

그는 정중히 경례하고 책을 가지고 갔다. 나는 순간, 이건 아니지 싶었다. 이건 돈이 아니라 유품이라는 생각이 들었다. 생전의 내 아버지는 손주들이 어릴 적부터 항상 빳빳한 지폐를 봉투에 넣어 용돈을 주었다. 많지는 않으나 그 돈을 기념으로 차곡차곡 모아 두었다. 아버지가 돌아가시자 그 돈이 유품으로 남았다. 재빨리 현관문을 열고 뒤따라 나갔다. 엘리베이터는 삼층으로 내려가는 중이었다. 계단으로 뛰어 내려갔다. 마침 주차장을 빠져나가는 경우 씨 아들을 불렀다. 저기요 잠깐만요! 그가 뒤돌아보며 멈추었다. 나는 숨을 헐떡이며 그에게 돈을 내밀었다. 이건 제가 받을 수 없어요. 경우 씨 아들은 한사코 받지 않으려 했다. 나는 그의 호주머니에 오십만 원을 찔러 넣고 얼른 뒤돌아섰다. 현관문 뒤에 숨어서 저만치 걸어가는 경우 씨 아들의 뒷모습을 바라보았다. 그가 보이지 않기 시작했을 때 천천히 집으로 향했다.

화단에 하얀 부추꽃이 피어 있었다. 언제 꽃이 피었을까. 부추도 꽃이 핀다는 걸 경우 씨가 가르쳐 주었다.

언젠가의 경우 씨가 부추 근처의 잡초를 뽑고 있다.

부추도 꽃이 피네요.

한번 심어 놓으면 해마다 그 자리에서 나요. 이게 서울말로는 부추고, 전라도 말로는 솔이고, 경상도 말로는 정구지라고 해요. 우리 엄마가 정구지 팔아서 날 학교에 보내 줬어요.

저녁에 솔 부침개에 막걸리 한잔하실래요?

아, 정구지 찌짐 좋지요. 제가 막걸리를 사양하겠습니까.

한 뼘이 넘게 자란 부추를 한 움큼 잘랐다. 시간이 지나면 벤 자리에 부추는 또 머리카락처럼 자라 있겠지. 경우 씨 웃음소리가 들린다.

*

이루다는 빠트린 게 있다며 다시 집으로 들어갔다. 여덟 시 이십 분에 차가 출발해야 한다고 누누이 일렀건만, 그녀는 제시간에 나타난 적이 거의 없었다. 나는 수영 강습 시간에 늦을까, 자꾸 시간을 확인했다. 여덟 시 사십 분쯤 이루다는 이어폰을 꽂은 채 어깨에 백을 메고 뒷좌석에 승차했다. 빠트린 게 이어폰인가? 죄송해요, 출발하세요, 이루다가 덕만에게 말했다. 나는 속으로 하, 이것 봐라. 이제는 아주 택시 기사 취급을 하네, 매일 아침 차를 태워 주니 임대인이 임차인에게 해줘야 하는 마땅한 도리라고 생각하는가. 아니면, 같은 방향으로 가는 길에 잠시 차를 세워 내려 주는 게 뭐가 성가시냐고 생각하는가.

나는 화가 치밀었으나 꾹 참고 슬쩍 뒤를 돌아보았다. 그녀는 굳은 얼굴로 머리를 의자 뒤에 기댄 채 눈을 감고 있었다. 사거리에서 지하철 공사 중이었다. 차가 더 막혔다. 유튜브 영상을 틀었는지 이어폰 사이로 박자가 빠른 음악이 새어 나왔다. 이루다는 가볍게 고개를 흔들었다. 덕만은 백미러로 이루다를 슬쩍 쳐다보며 혼잣말했다. 좋~을 때다. 늦둥이 딸이라도 얻은 양 이루다를 보면 그저 싱글벙글하였다. 신호등이 파란불에서 노란불로 바뀌었다. 덕만이 멈추려는데, 그냥 지나가세요, 이루다가 몸을 앞으로 기울이며 말했다.

사장님, 늦었는데 어린이집 앞에서 내려 주시면 안 될까요? 무뚝뚝하게 있던 그녀가 갑자기 미안한 표정을 지으며 애교를 부렸다. 미안해하지를 말든가, 미안하다면서 제 할 말은 기어이 다 한다. 평소라면 이루다는 베이커리 앞에서 내려 어린이집까지 오 분 정도 걸어가야 했다. 덕만은 좌회전하기 위해 3차선에서 차선을 변경해 1차선으로 끼어들었다. 뒤차가 클랙슨을 울렸다. 수영장을 지나쳤다. 그러지 않아도 이루다 때문에 강습에 늦었는데 덕만은 나를 먼저 수영장 앞에 내려 주지 않고, 어린이집 앞에 차를 세웠다. 고맙습니다, 말을 날리고 차에서 내린 이루다는 뒤도 돌아보지 않고 어린이집으로 향했다. 결국 오늘도 당한 것 같았다. 그녀는 막 차에서 내리는 어린이집 원생의 학부모 앞으로 뛰어가 활짝 웃으며 인사했다. 이를 드러내고 웃는 이루다의 모습을 나는 처음 보았다. 저렇게 환하게 웃다니, 그녀에게 저런 면이 있었나? 왜 내게는 무뚝뚝하고 굳은 얼굴로 대할까? 어떤 것이 이루다의 진짜 모습일까? 눈을 비비고 다시 쳐다보았다. 그녀는 원생의 손을 잡고 어린이집 안으로 들어갔다. 어린이집 앞 노란 수선화가 봄바람에 나풀나풀 손을 까불며 약 올리는 듯했다.

덕만은 차를 유턴해 수영장으로 향했다. 미세 먼지로 찌뿌둥한 하늘에서 비가 한두 방울 내리기 시작했다. 이 비가 며칠 동안 산불로 고충을 겪는 지역에 내리면 선물이 될 텐데 말이다. 마침 라디오 뉴스에서 산불 피해를 보도 중이었다. 산불로 소방관과 민간인이 죽고 문화재가 소실되었다고 했다. 머잖아 나는 산불 피해 성금을 내야 할지 모르겠다고 말했다. 덕만은 내라 하면 내야지 뭐, 했다. 나는 마음에서 우러나와 자발적으로 내는 것과 세금으로 때리는 거는 다르지, 했다. 우리가 사는 첨단 지구에 비가 얼마나 내리는지 검색했다. 오 밀리미터 정도의 비가 내린다고 했다. 언 발에 오줌 누기네. 그날도 이 정도 비였다면 굳이 이루다를 태워 주지 않았을 것이다.

호우 주의보가 내린 날, 아침부터 비가 쏟아지고 바람마저 거세게 불었다. 차를 타려는데 주차장 입구에서 비 내리는 모습을 쳐다보는 이루다의 표정이 난감해 보였다. 어디까지 가세요. 가는 길이면 태워 드릴게요, 했다. 입주한 지 얼마 되지 않은 세입자를 오랫동안 살게 하려는 좋은 구실이 될 터이고, 주인이 친절하다는 이미지를 심어 줄 기회였다. 이루다는 출근해야 하는데 택시가 잘 안 잡히네요, 했다. 그날을 계기로 그녀를 배려해서 아침마다 차를 태워 주었다. 그랬더니 이루다는 우리에게 싹싹하게 대했다. 휴대폰 사용법이 서툴러서 물어보면 친절하게 가르쳐 주었다. 나는 보답으로 종종 밥을 샀다. 내가 잘하니까 쟤도 잘하는구나, 하고 기분이 좋았다.

이루다에게서 덕만과 나는 청춘의 한 시절을 떠올리곤 했다. 우리가 저 나이 때 결혼했지, 참 좋은 시절이었지. 그때는 세상에 무서울 게 없었어. 일흔두 살 덕만의 눈에는 팔팔한 스물일곱 살 이루다의 모든 것이 사랑스러워 보이는 모양이었다. 덕만은 이루다를 만나면 버릇처럼 좋~을 때다, 싱글벙글거렸다. 그와 달리 나는 번민으로 힘들었던 이십 대가, 억만금을 줘도 되돌아가고 싶지 않은 젊은 시절이 떠올랐다. 그때는 가족에 대한 반항과 방황으로 우울증에 시달렸고, 죽을 용기는 없으면서 죽고 싶었고, 빨리 늙고 싶었다. 늙으면 기억도 흐릿해질지 모르니까. 마음이 힘들었던 그 시절보다 아무리 거센 바람이 불어도 흔들리지 않는 단단한 지금이 훨씬 나았다. 이루다는 젊어서 좋기도 했지만, 하는 짓이 야무졌다. 쓰레기를 버리러 갔더니, 이루다가 플라스틱 분리수거함에서 페트병을 꺼내어 칼로 페트병의 라벨을 일일이 떼어 내고 있었다.

대충 버려도 청소하는 사람들이 다 가져가요.

이루다는 나를 흘깃 쳐다보았다.

그러면 안 되죠. 이런 걸 다 떼고 버려야 해요. 페트병 본체하고 뚜껑의 재질이 달라서 분리해야 재활용 할 수 있어요.

그녀는 떼어 낸 라벨과 뚜껑을 따로따로 담았다. 덕만과 나는 페트병에 음료나 물이 들어 있어도 그대로 버렸고, 배달용 플라스틱 음식물 통에 음식이 남아 있어도, 분리수거함에 이것저것 마구 섞여 있어도 눈 딱 감고 대충 버렸다. 언젠가 덕만은 이루다가 분리수거를 잘한다고 말했다. 역시 들은 대로 깔끔하게 분리수거하고 있었다. 그녀에게 이런 면이 있었나? 생각보다 괜찮은 아이인가 싶었다.

부동산에서 계약할 때 중개인이 무심결에 이루다에게 하던 말이 떠올랐다. ……그렇게 하면 좋아할 주인이 어디 있어요. 이번에는 좀 붙어 있어요. 그 말을 듣고 나는 속으로 좀 까탈스러운 성격인 모양이다, 했다. 이루다는 164센티 정도의 키에 호리호리한 체격이었고, 머리는 포니테일 스타일로 묶었다. 고등학생 정도로 앳돼 보였다. 나는 그녀가 자리를 비웠을 때 누구냐고 중개인에게 물었다. 어린이집 선생인데 자기가 관리하는 고객이라고 중개인이 대답했다. 중개인이 내심을 말하지는 않았지만, 눈치로 보아 중개 수수료를 벌기 위해 자신이 관리하는 고객들을 '뺑뺑이' 돌리는 모양이었다. 임차인에게는 중개 수수료를 받지 않고 임대인에게만 중개 수수료를 받으면서 말이다. 나는 계약서를 쓴 후 이루다에게 말했다. 지내다가 불편하면 언제든 말씀하세요. 다 해결해 드리겠습니다.

우리 원룸인 첨단 칸타타는 주위의 다른 원룸보다 지은 지 오래되고 낡아서 공실이 많았다. 그로 인해 '돈맥경화'에 걸릴 지경이었다. '돈맥경화'를 뚫는 자구책으로 다른 원룸에서 하지 않는 임차인의 불편한 사항을 전부 해결해 주기로 했다. 그런 사실이 소문이 나면 공실이 줄어들지 몰랐다.

입주 날, 401호로 이삿짐을 옮기던 이루다는 주차장에서 허름한 차림으로 쓰레기 분리수거 중인 덕만을 경비원으로 보았는지, 아저씨 이 가방 좀 들어 주세요, 했다. 가방은 크고 무거워 보였다. 덕만은 가방을 들고 엘리베이터 앞에 갖다 놓았다. 그녀는 이것도요 저것도요, 하며 하인 부리듯 시키고는, 엘리베이터를 잡고 있어라, 했다. 덕만은 젊은 여자의 말에 네, 네 하며 그저 싱글벙글하였다. 나는 은근히 사람을 부려 먹는 그녀의 태도에 어이가 없어서 저기요, 그게…… 말하려다 아니꼬워도, 배알이 뒤틀려도 새 고객이라 생각하고 참았다. 호구 같은 덕만도 꼴 보기 싫고, 이루다도 얄미워서 나는 먼저 엘리베이터를 탔다. 이루다가 401호에 온 지 며칠이 되지 않아서였다.

방 전등이 깜박거려요. 눈도 아프고 불편해요 ㅠㅠ 카톡이 왔다. 401호 전등이 깜박거린다고 하네. 덕만에게 일렀더니 사 놓은 전등이 집에 있다, 했다. 확인하고 갈아 드리겠습니다. 나는 이루다에게 답을 보냈다.

내가 외출한 사이에 덕만이 혼자 401호로 내려가 기존의 전등을 떼어 내고 새로 나온 엘이디 전등으로 교체했다. 키가 작은 덕만은 의자 위에 두꺼운 책을 몇 권 포개 놓고 그 위에 올라섰다고 한다.전등의 나사가 풀어지지 않아 드라이버로 몇 차례 시도하다 겨우 풀었다고, 위를 쳐다보며 나사를 푸느라 지금도 목이 아프다고, 목덜미를 주무르며 말했다. 뒷정리하고 화장실까지 청소해 주고 온 덕만은 자신이 한 일이 뿌듯한지 의기양양했다.

그런데 웬걸, 저녁에 뜬금없이 이루다의 아버지로부터 항의 전화가 왔다. 말도 없이 남의 방에 들어가요! 퇴근한 딸이 사람이 들어 온 흔적을 보고 얼마나 놀랐

는지 알아요? 그 어린것이 무서워서 죽겠다고 난리 났
소. 주인이면 그래도 돼요! 우리도 서울에 오피스텔을
세주고 있소. 방을 빼려오! 덕만이 여기는 주인이 알아
서 다 고쳐 줘요. 빨리 고쳐 주려고 들어갔어요, 라고 해
명했는데도 이루다의 아버지는 난리를 피웠다. 덕만
과 다혈질인 이루다의 아버지 사이에는 결국 고성이
오가고 언쟁이 벌어졌다. 나는 속으로 이죽거렸다. 나
가면 자기들도 손해일 텐데, 중도 퇴실 시 두 달 치 방세
와 중개 수수료를 내야 하니까. 지켜보니 큰 싸움이 날
것 같아서, 방을 빼면 세입자 구하기도 어려울 것 같아
서, 나는 덕만의 전화기를 빼앗아 받았다. 사전에 말을
안 하고 들어간 건 저희 잘못입니다. 어떤 나쁜 의도가
있던 게 아니라 빨리 수리해 주려고 들어갔습니다. 죄
송합니다. ……그런데 선생님, 같은 말이라도 '아' 다르
고 '어' 다르다고, 감정적으로 화를 내시며 말씀하시니
까 저희 남편도 욱하는 성질에 화가 난 것 같습니다. 이
해하십시오. 그리고 앞으로 문제가 있으면 이루다 씨
가 직접 연락하시면 좋겠습니다. 계약자는 이루다 씨
아닙니까? 나는 스물일곱이나 먹은 성인이 한 다리를
건너서 부모가 전화하는 게 몹시 불쾌했다. 뻔뻔하게

부모까지 대동하는 이유가 뭐란 말인가. 요즘 애들은 사소한 것도 못 참는지 이루다는 틈만 나면 전화했다.

여름에는 길에서 사람들이 소리를 지르거나 싸우는 소리에 시끄러워서 잠을 잘 수 없다고 몇 번이나 전화했다. 처음에는 알겠다고, 나는 밖으로 나가 술집 앞에서 담배를 피우며 큰 소리로 떠드는 사람들에게 말했다. 좀 조용히 해 주세요, 이 앞이 우리 집인데 시끄러워서 영업에 방해가 됩니다. 저희도 먹고살아야지요. 그들은 내 말을 듣고 술집 안으로 들어갔다. 한 번 해결해 주니 조금만 시끄러워도 전화가 왔다. 조용히 하라고 말은 해 보겠는데…… 창을 닫든지 경찰에 전화하세요. 문자를 보냈는데도 계속 전화가 왔다. 술에 취한 사람들이 대로에서 고성방가하는 것까지 임대인이 해결하라니, 참 더럽고 아니꼬워도 들어줄 수밖에. 내 방에서 창을 열고 밖을 향해 소리를 질렀다. 야 이놈들아, 나도 좀 살자. 그랬더니 내 악쓰는 소리가 시끄럽다 했다.

이루다의 요구 사항을 처리하느라 진이 빠질 지경이었다. 이사 오기 전에도 첨단 지구에 오래 살았다는 이야기를 들어 부동산 중개인에게 이루다는 어떤 사람이냐 전화로 물었다. 그녀는 한 집에서 계약 기간까지 살지 못하고 수시로 옮겨 다녀 중개인도 골치 아픈 고객이라 했다. 이렇게 까탈스러운 세입자의 비위를 맞춰야 능력 있는 임대업자가 될 수 있겠지. 그리고 '착한 임대인'이 되어야 주위 원룸과의 경쟁에서 살아남을 것 같았다. 이 집을 지을 때 '칸타타'라고 이름 붙인 의미를 되새겨 보았다. 칸타타는 우리 원룸에 사는 사람들이 삶을 노래 부르듯이 아름답게 살기를 바란다는 의미가 아닌가. 덕만에게 일렀다. 401호 전등을 교체해 준 것은 도루묵 꽝 되었으니 제발 해 주고 욕먹는 일 좀 하지 마라, 미치겠다. 앞으로 세입자들 관리는 내가 맡을 테니 당신은 수리하고 청소를 담당해라.

해 주고 욕먹는 일, 덕만의 일상에서 빈번한 일이다. 제발 아무것도 하지 말고 가만히 있어라. 그게 도와주는 것이다, 말하지만 매사 부지런해 가만히 있으면 온몸이 근질근질한 덕만에게는 몸을 움직이지 않는게 지옥이다. 이를테면 청소하다 꽃병이나 그릇을 깨트려서 욕을 먹기도 하고, 밥하다 태워서 먹을 수 없게 하고, 요리하면 짜거나 매워서 먹지 못하는 경우가 다반사였다.

며칠 지나서 이어폰을 차 안에 놓아두고 내린 것 같은데 혹시 못 보셨느냐고, 이루다에게서 전화가 왔다. 글쎄, 못 봤는데…… 덕만은 차에 가서 찾아보겠다고 했다. 할 수 없이 덕만을 따라서 차 안을 샅샅이 뒤졌다. 이루다가 앉았던 뒷자리를 몇 번이나 살폈으나 이어폰은 없었다. 바닥을 꼼꼼히 살폈다. 수납장을 확인했으나 이어폰이 들어 있지 않았다. 내가 앉았던 조수석에도 보이지 않았다. 바닥의 매트를 끄집어내 털었다. 거기에도 없었다. 다른 데서 잃어버리고 차 안에서 잃어버렸다고 착각하는 게 아닐지 생각했다. 덕만이 운전석 의자 밑에서 엄지손톱 크기의 이어폰을 찾았다. 이어폰에 발이 달렸나? 어떻게 그곳에 숨어 있었을까. 나는 이루다에게 이어폰을 찾았다고 전화했다. 이루다는 쏜살같이 왔다. 나는 이어폰을 이루다 손에 쥐여주며 말했다. 내일은 수영장 휴장이라 안 가요. 내 말을 듣는 둥 마는 둥 이루다는 귀에 이어폰을 꽂았다.

아니나 다를까. 아침에 덕만과 느긋하게 커피를 마시는 중, 이루다에게서 전화가 왔다. 왜 여태 안 오세요. 지각하겠어요, 전화로 다급히 말하는 이루다는 짜증을 냈다. 어제 분명히 수영장 휴장이라 말했는데 기억

오른손이 한 일을 왼손이 모르게 하라는 말씀을 ～할 만큼 나는 성인군자가 아니었다. 마음을 차분 ～앉히고 다시 생각했다. 이루다는 자기 일은 똑 ～게 잘하는 성격이다. 그런데 지각해서 야단을 ～ 자존심이 상했을 것이다. 어디에 화풀이할 데 ～, 자주 만나는 내가 큰이모 같기도 하니까 어리 ～ 투정을 부리는지 모른다. 같이 차를 타고 다니 ～연중 미운 정 고운 정이 들었을지 모른다고 이 ～.

～ 비용이라고 받은 돈이 부담스러워 내 생일에 ～와 502호에 사는 경호 오빠를 초대했다. 경호 오 ～ 약이 있다며 참석하지 않았다. 덕만이 꽃과 케 ～ 준비했다. 나는 랍스터를 시켰다. 이 식당은 랍 ～리로 유명하고, 랍스터는 비싸서 우리도 자 ～ 못하지만 그래도 함께 먹고 싶었다고 생색 ～ 소쿠리에 랍스터가 나와 젓가락으로 살을 집 ～넣으려는 찰나, 사진도 안 찍었는데 먹어요! 나 ～ 놀라 손이 허공에서 멈추었다. 내 생일에 이루 ～접하는 건데 그깟 사진을 찍는다며 무안을 ～이 상했다. 영상 세대라 입으로 먹는 게 아니

을 못 할까. 어느 날 주유하는데 이루다가 느닷없이 십만 원을 내밀었다. 기름값이에요. 제 성의예요. 나는 뜨악해서 괜찮다고, 받지 않으려고 해도 그녀는 기어이 돈을 놓고 내렸다. 그깟 십만 원, 받지 않아도 생활에 아무런 불편이 없었다. 돈을 되돌려 주기도 적절치 않아 밥을 사리라 생각했다. 수영장 가지 않는 날도 부려 먹으려고 쥐꼬리만 한 돈을 카풀 비용이라고 줬을까. 그래서 당당히 권리를 주장하는가.

덕만이 마시던 커피잔을 놓아두고 일어났다. 덕만을 혼자 보내려니 찝찝한 기분이 들어서 나는 마지못해 동행했다. 차 안에서 이루다는 당연하다는 듯, 매일 하던 일을 갑자기 하지 않으면 자신이 얼마나 당황하겠느냐, 다음부터는 그런 일이 없었으면 좋겠다고 화를 냈다. 우리가 그녀에게 잘못을 저지른 느낌이 들었다. 가스라이팅 당하는 건가, 나는 머리를 갸웃거렸다. 더럽고 치사하지만 미안하다고 했다. 진심으로 미안한 것은 아니지만, 일단 나이 많은 내가 먼저 고개 숙이면 그녀도 자신의 뻔뻔함을 생각해 보지 않을까. 빨리 가지 않고 뭐하냐고 나는 괜히 덕만에게 짜증을 냈다.

차가 정체되자 2차선에서 달리던 아반떼가 끼어들

려고 했다. 비켜 주지 마세요! 그녀가 외쳤다. 그러면 되나! 덕만이 아반떼에게 자리를 내주었다. 이러다 늦겠네, 하며 툴툴거리더니 이루다는 이어폰을 끼고 전화를 하기 시작했다.

……걔를 내 방에서 지내게 했거든. 알바 구할 때까지 있으라고…… 고맙다고 하기는커녕 생활비도 한 푼 안 낸 주제에 청소도 안 하는 거 있지. 그런 애 처음 봤어…… 일본 여행 간 사이에 남자 친구를 데려와 살았더라. 남자 친구와 침대에 누워 있는 걸 봤다니까…… 미안했는지 사과한다면서 선물이라고 줬는데…… 카톡 선물하기로 받은 거면서, 지가 받은 쓸데없는 거를 나를 위해 준비했다는 식으로 말하는 거야…… 왕 재수였어.

통화가 끝나기도 전에 어린이집 앞에 도착했다. 세 살쯤 되어 보이는 노란 개나리색 원복을 입은 아이가 들어가지 않으려고 아빠인 듯한 남자에게 떼를 쓰며 울고 있었다. 이루다가 다가가 뭐라고 하자 아이는 울음을 그치고 그녀의 손을 잡고 안으로 들어갔다. 덕만이 나 저 사람 아는데, 했다. 그는 동네에서 꽃집을 운영하고 있었다. 덕만은 그를 '시민 꽃길 나무 심기' 행사

에서 만났다. 덕만이 꽃을 사러 소개로 어린이집 식목일 행사 했다. 덕만은 이루다가 우리 (그러자 그가 목련과 동백나무 로 주었다.

덕만이 들고 온 행운목에 사장님 때문에 지각해서 원 나는 어이가 없었다. 지각이 들어 불편했다면 혼자 속으 고 그새 제 할 말을 다 하다 고 있을까. 제 할 말은 따박ㅁ 가 나는 무서웠다. 운전하 모르는지, 아니면 카풀 ㅂ 한다고 생각할까. 매일 아 선에서 3차선으로 들어와 그때 빠르게 직진하던 뒤 차창을 내리고 욕하며 ㅈ 을 참으면서 그녀의 편ㄹ 방을 빼든지 말든지, 착 십만 원 돌려주고 차를

라 눈으로 먹는구나, 생각했다. 어릴 적에는 어른이 숟가락 들기 전 먼저 먹었다고 야단을 듣고, 늙으니 사진 찍기 전 먹었다고 젊은 사람에게 야단을 들어서 나는 서글펐다. 이루다는 랍스터가 세팅된 사진을 찍었다. 사진을 찍는 이루다의 눈이 반짝 빛났다. 좋~을 때다, 덕만은 추임새를 넣듯이 말했다. 덕만이 케이크에 불을 붙였다. 내가 초를 불려고 하자 이루다가 잠깐만, 했다. 머리에 빨간 고깔모자를 쓰라고, 그래야 사진이 잘 나온다고 했다. 꼴사납게 고깔모자를 쓰기 싫었지만, 덕만도 자꾸 쓰라 권하고, 이루다의 거듭된 강요에 나는 마지못해 고깔모자를 썼다. 케이크 초의 불을 불자 이루다가 또 사진을 찍었다.

이루다의 인스타그램에 내 생일 케이크에 초를 부는 장면을 찍은 사진과 랍스터가 세팅된 사진이 올라와 있었다. 사진 밑에는 코멘트가 달려 있었다. 저희 집 주인 할머니 할아버지예요. 함께 생일 잔치했어요.ᄊ 그 사진을 보니 기분이 좋았다. 내가 꽤 좋은 사람인 것 같았다. 이루다에게 이런 면이 있었구나 싶었다. 이왕 비행기 태우려면 할머니 말고 이모라고 했으면 더 좋았을 텐데, 그 점이 약간 아쉬웠다.

사진을 보다가 얼마 전 일이 떠올랐다. 카톡에 이루다의 생일 알림이 울렸다. 나는 앱으로 케이크를 주문하고, 생일 축하한다는 메시지와 이모티콘을 첨부해 이루다에게 보냈다. 대부분 세입자는 가족을 떠나 타지에서 혼자 생활하기 때문에 감성을 겨냥한 영업 전략이 잘 먹힐 것 같았다. 카톡에 세입자들의 생일 알림 표시가 뜨면 나는 그들의 생일을 챙겼다. 잠시 후 이루다에게서 톡이 왔다. 케이크 말고 치킨 주시면 안 돼요? 저 지금 치킨이 먹고 싶어요. 이미 결제해 버렸다고 톡을 보냈다. 감사합니다, 잘 먹었습니다, 답이 왔다. 수영장에서 신을 오리발을 사기 위해 당근마켓에 들어갔는데 이루다에게 보낸 것과 똑같은 케이크가 올라왔다. 누가 생일이라고 보내 줬는데 제가 케이크를 안 먹어서 내놓아요. 선물을 주고도 기분이 나빴다.

새벽 두 시쯤, 도어 록이 안 열려요, 이루다에게서 전화가 왔다. 덕만과 나는 자다가 일어나 비상용으로 서랍에 넣어 둔 건전지와 마스터키를 가지고 401호로 내려갔다. 복도 창문틀에 놓인 담배꽁초에서 연기가 났다. 누군가 막 담배를 피운 모양이었다. 401호 문 앞에 선 그녀에게서 술 냄새와 담배 냄새가 났다. 그녀를 쳐다본 덕만은 실실 웃으며 좋~을 때다, 작은 소리로 말했다. 도어 록에서 삐삐 소리가 요란하게 울렸다. 나는 마스터키로 문을 열었다. 건전지가 다 됐네. 덕만이 건전지를 빼서 새 건전지로 교체했다. 이제 됐으니 해 보세요, 하며 문을 닫았다. 그녀가 비밀번호를 누르자 문이 열렸다. 다른 원룸에서는 건전지 같은 소모품은 세입자가 직접 갈게 하지만 우리는 다 해 줘요. 나는 생색내며 말했다. 또 불편한 게 있으면 언제든 전화하세요. 해결해 드립니다. 이루다는 살짝 고개만 까닥거리고 쏙 안으로 들어갔다. 인사를 하려면 제대로 할 것이지.

식당에서 매운 닭발을 먹은 후 카페에 갔다. 카페에 들어서자 이루다는 화장실부터 찾았다. 생각할수록 그녀가 괘씸해 내 커피만 시켜서 마시고 있었다. 아직도 혀가 얼얼했다. 식당에서 이루다는 매운 닭발 4인분을 시켰다. 닭발과 계란찜 앞에서 나는 손가락으로 브이를 그리며 사진을 찍었다. 음식 사진과 함께 식당을 소개하는 이루다의 인스타그램에 좋아요, 댓글을 달곤 했다. 그 식당은 첨단 지구 첨단 칸타타 빌라 근처에 있다고, 나는 은근슬쩍 우리 원룸을 알렸다. 이루다는 닭발에는 콜라겐이 들어 있어서 얼굴을 팽팽하게 만들고, 스트레스를 날리는 데는 매운 음식이 최고라며 닭발을 잘도 먹었다. 나는 매워서 혀가 끊어질 듯했다. 눈물이 절로 뚝뚝 흘러내려도 음식을 남기는 게 아까워서 억지로 먹었다. 풍족한 세상에 태어나 가난이 얼마나 무서운지 몰라서 그런지 이루다는 아까워서 억지로 먹는 나를 이해하지 못하겠다는 듯 고개를 절레절레 저었다. 화장실에 다녀온 그녀는 내가 앉은 자리 옆에 서서 커피를 마시는 나를 멀뚱히 내려다보았다.

어머, 어떻게 하셨어요? 키오스크 할 줄 모르잖아요?

순서대로 누르고 카드를 넣으니까 되던데.

이루다는 아무렇지도 않은 듯 키오스크로 갔다. 언제나 이루다가 키오스크로 먼저 다가가 주문하면 곁에 선 나는 카드를 내밀었다. 그녀가 사 달라고 한 적은 없으나 결과적으로는 내가 사 주게 된 셈이었다. 뭔가 손해를 본 것 같고 얄미웠다.

이루다는 카페라테와 치즈케이크를 들고 왔다. 내 앞에 앉은 그녀는 여느 때와 다름없이 말 한마디 하지 않고 이어폰을 꽂고 휴대폰을 들여다보았다. 톡을 날리는지 빠르게 손가락을 움직였다. 잠시 멈추었다가 커피를 한 모금 마시고는 다시 손가락을 움직였다. 그녀가 사 달라고 한 적은 없었다. 얻어먹을 생각 같은 건 하지도 않는데 괜히 내가 사 주고 서운해한 게 아닐까. 문득 마트에서의 일이 떠올랐다. 마트에서 이루다와 나는 생필품을 사서 카트에 함께 담았다. 이루다의 것은 치약과 칫솔뿐이었다. 쌀과 사과, 간장, 멸치 등 잡다한 생필품이 카트에 가득했다. 계산대에서, 내 뒤로 손님이 길게 줄을 서서 차례를 기다렸다. 대충 계산해도 그녀의 것은 삼천 원도 되지 않아서 나는 함께 계산했다. 물건을 카트에 도로 담고 계산대를 벗어났다. 이루다는 굳은 표정으로 다가왔다. 잠깐 기다리세요! 쌀쌀맞게 말한 뒤 고객센터로 향했다. 돈을 바꿔왔는지 이천칠백 원을 내밀며 말했다. 제 것은 카드나 포인트로 계산하려고 했는데 왜 쓸데없이 계산해서 성가시게 하냐고 짜증을 내었다. 아이구야, 몇 푼 되지 않는 거 그냥 고맙다고 하면 될 걸 성질을 낼 건 뭐람, 나는 속으로 말했다. 이루다는 카트에서 제 물건을 빼내었다. 작은 핸드백에서 접힌 장바구니를 꺼내더니 그곳에 물건을 담았다. 그녀는 나도 미처 챙기지 못한 장바구니를 준비해서 다니는 모양이었다. 내가 모르는 이루다의 또 다른 면이었다. 주부인 나도 귀찮고 번거로워 장바구니를 사용하지 않는데 말이다. 장을 보면 나는 상인들이 담아 주는 일회용 비닐봉지나 종이봉투에 물건을 넣고는 집에서 재깍 버리곤 했다. 편리만 생각했지, 환경에 대해선 생각하지 않았다. 이루다가 장바구니를 꺼내는 모습에 놀랐고, 반성했다. 그녀는 남은 커피를 보온병에 담아 먼저 나갔다. 이루다에게서 예전의 내 모습을 발견했다.

네가 앉은 자리에는 풀도 안 나겠다고 언니는 말했다. 나는 다른 사람에게 신세 지지도 않았고, 다른 사람이 내게 신세 지는 것도 싫어했다. 언젠가 언니와 시장에서 생선을 산 적이 있었다. 나는 내 생선값 만 원만 먼저 계산했다. 생선 장수가 둘이 합해 이만 원이라고 했다. 잠시 후 멋쩍은 표정으로 언니가 이만 원을 내며 애 것은 그냥 돌려주세요, 했다. 내걸 왜 언니가 내느냐, 내가 거지냐고 짜증을 내었다. 아파트를 살 때 언니에게 돈을 빌린 적이 있었다. 나는 시중 이자를 쳐서 갚았다. 언니는 우리 사이에 무슨 이자냐, 돈을 못 보태 줘서 미안한데, 하며 극구 사양했으나 나는 날짜를 정확히 계산한 메모지를 첨부해서 이자와 원금을 갚았다. 사는 형편이 언니보다 훨씬 나아졌을 때였다. 부모님 병원비와 간병비를 내가 더 부담했으면 좋겠다고 언니가 넌지시 말했다. 무슨 말이냐? 반반씩 부담하는 게 맞지 않느냐, 했다. 나는 백 원도 틀리지 않는 반을 언니에게 송금했다. 언니가 말하기를, 가시나야 학을 떼겠다. 이십 대 시절의 나는 더치페이를 좋아했다. 더치페이는 깔끔했다. 친구와 식당에서 밥을 먹을 때도 내 것만 계산했다. 너는 정이 없어. 얼음 같아, 하며 차츰 친구들이 하나둘 멀어져 갔다. 집으로 오는 길에 다이소에 들러 장바구니를 샀다.

이루다는 쓰레기 분리수거함에서 우유 팩을 꺼내어 내용물을 하수구에 버리고 있었다.

나는 그녀의 눈앞에 장바구니를 내밀었다.

이제부터 나도 장바구니를 사용해 보려고.

사용해 보면 그게 훨씬 더 편리해요.

나는 지켜볼 수만은 없어서 그녀를 도와 페트병의 뚜껑을 분리했다.

어차피 다 재활용되지 않나?

아니요, 잘못된 분리배출은 오히려 재활용을 어렵게 만들 수 있거든요. 어린이집에서 애들한테 분리수거와 생태계 환경에 대해 가르치는데 저부터 철저히 해야지요. 그림책을 보여 주면서 바다에 떠다니는 플라스틱을 먹은 물고기들을 우리가 다시 잡아먹는다고, 그러면 우리가 플라스틱을 먹게 된다고 말해요.

이루다는 빈 우유 팩을 들고 일 층 화장실에 씻으러 갔다.

얘네들은 환경에 대해 철저하구나. 전쟁 후 태어난 우리 세대는 당장 먹고사느라 환경은 뒷전이었다. 우리가 젊었을 때 마구 버리고 훼손한 것들로 인해 후세대들이 피해를 보고, 이제 우리가 늙어서 갚아야 하는구나, 하는 생각이 들었다.

화장실에 다녀온 이루다는 우유 팩을 펼쳐서 햇볕에 말렸다.

실은 제가 알레르기 피부병이 심해요. 가려우면 미칠 것 같아서 잠도 못 자고 어느 때는 차라리 팔을 잘라 버리고 싶다니까요. 그게 유전성도 있지만 환경도 영향을 미친다고 생각해요.

가려운 거 못 참지. 그 심정 알지. 나는 무좀 때문에 가려워서 미치고 환장할 지경이거든.

그렇죠, 그렇죠.

그녀는 동지를 만난 듯 나를 보고 웃으며 손을 내밀었다. 우리는 공감하며 하이 파이브를 했다.

나는 스티로폼 박스에 붙어 있는 종이를 떼어 낸 뒤 묶었다. 이루다는 아이스 팩을 가위로 잘라서 내용물을 하수구에 버렸다. 분리수거가 끝나자 몸은 피곤했지만 마음이 개운했다.

순조로운 날들이 지나갔다. 우리는 여전히 아침마다 차를 같이 타고, 수영장 가는 길에 이루다를 내려 주었다. 봄은 무르익어서 쌍암 공원의 영산홍이 불꽃처럼 피어났다. 그날 밤 꿈속에 쌍암 공원 호수는 물속에 비친 저녁노을과 영산홍으로 온통 불바다가 된 듯했다. 호수를 바라보는데 누군가 자꾸 나를 흔들었다. 뭘까?

불이야 불! 악을 쓰는 소리가 들렸다. 불이라니. 호수를 불바다로 만든 꽃불이 사방으로 번진 건가. 고개를 쭉 빼고 살피니 누군가 내 어깨를 심하게 흔들었다. 눈을 뜨니 덕만이었다. 옆집에 불났어! 빨리 일어나! 문을 열고 나가며 외쳤다. 사람들을 빨리 깨워야 해. 현관문 두드리는 소리가 세게 들렸다. 옆 원룸과 우리 원룸 사이 거리는 채 일 미터도 떨어지지 않았다. 불씨가 튀어 우리 집으로 옮겨붙는 건 순식간일 것이다. 나는 잠옷 차림 그대로 계단으로 뛰어 내려갔다. 불났어요. 불! 소리를 지르며 방마다 문을 쾅쾅 두드리고 다급히 벨을 눌렀다. 층마다 뛰어다니며 사람들을 밖으로 대피시켰다. 방 안에 사람이 있기도 하고 없기도 했다. 매캐한 불 냄새가 났다. 목이 따끔거리고 기침이 쏟아졌다. 급히 나오느라 마스크도 쓰지 못하고 젖은 수건조차 챙기지 못했다. 건물 밖으로 나갔다. 우리 원룸의 세입자들과 옆집 세입자들이 도로에 나와 있었다. 소방차 사이렌 소리가 요란하게 들렸다. 옆 건물 이 층에서 불길이 붉은 혀를 날름거리며 위로 솟아오르고 있었다. 벽에 새카맣게 그을린 흔적이 보였다. 이루다가 안 보여! 덕만이 소리쳤다. 덕만이 건물 안으로 뛰어 들어갔다. 여태 안 나오고 뭘 하나, 나는 마음이 급했다. 덕만을 따라서 나도 갈까 말까? 불길에 사고가 나면? 얼마 전 번진 산불 생각만 해도 몸서리가 났다. 잠깐 머뭇거렸다. 부창부수다. 용기를 내어 덕만의 뒤를 따라 계단으로 뛰었다. 세입자들이 환기하지 않아서 층마다 복도의 창을 열어 놓았는데 그곳으로 연기가 들어오고 있었다. 401호 앞에서 덕만이 문을 쾅쾅 두드렸다. 이루다! 이루다! 소리쳐 불렀다. 반응이 없었다. 마스터 비밀번호를 눌러 문을 열었다. 또 주인 허락 없이 들어왔다고 나중에 시비를 거는 건 아닐까, 생각이 퍼뜩 스쳤다. 욕먹을 때 먹더라도 사람부터 구하고 보자.

현관에 들어섰다. 나는 처음으로 그녀의 방에 들어갔고, 덕만은 전등을 교체한 이후 처음으로 이루다의 방에 들어갔다. 신을 벗으려다 멈칫 섰다. 잘못 들어왔을까. 우리 원룸이 아닌 것 같았다. 방 입구에는 기존에 없던, 연한 분홍빛 레이스 커튼이 중문처럼 달려 있었다. 침대와 가구의 위치도 바뀌어 있었다. 방 전체 인테리어를 연한 분홍빛으로 꾸며 놓았다. 얼핏 봐도 깨끗했다. 우리가 시공하지 않았으니 제 돈 들여서 취향대로 꾸몄을 터.

덕만이 침대에서 자는 이루다를 부르며 깨웠다. 얼마나 깊이 잠이 들었는지 불이야 불, 외쳐도 일어나지 않았다. 내가 그녀의 이름을 부르며 몸을 흔들자 그제야 눈을 떴다. 그녀는 놀란 듯, 남의 방에 들어오면 어떡해요! 앙칼스럽게 짜증을 냈다. 불났어요. 불! 아닌 밤중에 홍두깨라는 듯, 못 믿겠다는 듯한 표정이었다. 옆집에 불났어요. 이리로 옮겨붙을 것 같아요, 빨리 피해야 해요! 그녀는 상황을 파악했는지 침대에서 벌떡 일어났다. 신을 신는 둥 마는 둥 설레발에 먼저 뛰어나갔다. 소방차가 와서 빠르게 불을 껐고, 불은 다행히 번지지는 않았다.

긴장이 풀려서인지 무척 배가 고팠다. 덕만도 시장했는지 밥이나 먹으러 가자, 했다. 음료는 제가 쏠게요. 리뷰 써 주고 받은 쿠폰이 있어요. 우리는 근처 연탄구이집으로 갔다. 오돌뼈 3인분과 막창구이 2인분을 시켰다. 오랜만에 연탄불을 보자 어릴 적 기억이 떠올랐다. 종일 막노동으로 일한 아버지가 저녁이면 연탄 한 장을 새끼줄에 엮어서 들고 오던 일, 빙판길에 미끄러져 연탄이 산산조각이 나고, 엉덩이뼈를 다쳐 일을 못하고 오랫동안 방에 드러누워 지내다 결국 돌아가신 일, 달동네에서 연탄을 아끼기 위해 온 식구가 한방에서 몸을 녹이던 일, 겨울비 내린 날 연탄가스를 마시고 사경을 헤맸던 일, 겨울이면 연탄 백 장을 쟁여 놓고 사는 게 소원이라던 어머니의 푸념 소리. 연탄은 내게 아픔이고 가난의 상징이었다. 그런 이야기를 이루다에게 들려 주었다. 그녀는 연탄을 연료로 사용하는 집을 본 적이 없어 실감이 안 난다고 했다.

이 연탄재는 어떻게 처리될까요? 결국 매립될 수밖에 없는데 그러면 생태계나 환경에 악영향을 주지 않을까요?

연탄불을 물끄러미 바라보던 그녀가 물었다.

예전에는 도로를 만들 때 흙 대신 연탄재를 사용했어. 서울 올림픽 대로도 연탄재를 흙 대신 썼거든.

덕만은 그 시절로 되돌아간 듯 대답했다.

음식이 나오자 이루다는 막창을 상추에 싸서 먹었다. 덕만이 따라 준 맥주를 마시고 이루다는 말문을 열었다. 제가요, 집주인을 안 믿어요. 집주인은 전부 나쁜 사람이라고 생각했어요. 특히 나이 많은 임대인은 더 심했거든요. 완전 꼰대에다가 우기기만 하고 말이 안 통해요.

아, 그래서 우리 앞에서는 무뚝뚝했구나, 나는 속으로 중얼거렸다. ……주인하고 싸운 적도 있고요. 나는 묵묵히 그녀의 말을 들었다. 이루다의 이야기를 요약하면 이랬다. 계약 만기가 되어 나가려는데도 주인은 보증금 오백만 원이 없다며 돌려주지 않았다. 새 세입자가 들어오면 그때 보증금을 받아서 돌려주겠다고 약속했다. 그녀는 그때까지 기다렸다. 한 달 후 새 세입자가 들어왔다. 주인은 새 세입자에게 보증금을 올려 받았음에도 그녀에게 백만 원을 겨우 주고는 나머지는 다음 달에 주겠다고 했다. 다음 달이 되자 또 백만 원만 주더란다. 그녀는 보증금을 다섯 번에 걸쳐 찔끔찔끔 겨우 받아 냈는데 마지막에는 겨울에 고장 난 보일러 수리비를 그녀가 내야 한다면서 그 돈을 제하고 주더라고 했다. 또 어느 원룸 주인은 계약할 때 인터넷 사용료는 관리비에 포함되어 있다고 분명히 말해 놓고는 석 달이 지나자, 인터넷 사용료를 내라고 했다. 그 집은 인터넷 사용료가 없어서 생활비가 적게 들 것이다, 하고 입주했는데 말이다. 이루다가 따지자, 계약서 어디에 그런 내용이 있느냐고 주인이 계약서를 내밀었다. 그 뒤부터는 계약서를 꼼꼼히 살피게 되었다고.

……처음에는 사장님도 그런 사람인 줄 알고 오해했어요. 근데 사장님은 믿어요. 제 편에서 봐주시니까.

나는 그 말에 가슴이 뭉클했다. 아, 우리를 인정해 주는구나. 그녀는 맥주를 덕만과 내 잔에 따랐다. 건배해요, 라며 웃었다. 그녀의 앞니에 상추가 묻은 게 보였다. 나는 상추를 떼 주었다. 그동안 세입자들한테 내가 얼마나 당했는지 한번 들어 볼래, 하고 입을 떼려는데 덕만이 막창을 상추에 싸서 입에 넣어 주었다. 그러니까 이사 가지 말고 첨단 칸타타 빌라에 오랫동안 살기나 하렴, 속으로 말했다.

최고봉은 말했다

*

〈넬라 판타지아〉 곡이 들렸다. 플루트 소리 같기도 하고 오보에 소리 같기도 했다. 고음의 가녀린 선율이 심장을 파고들었다. 팔에 오소소 소름이 돋았다. 오랜만에 귀가 호사를 하는구나 싶었다. 어디서 연주할까. 나는 주위를 둘러보았다. 버스킹 무대도 텅 비어 있었다. 상가에서 호객용으로 틀어 놓은 음악 소리는 아니었다. 근처에서 악기를 연주하는 소리가 분명했다. 6차선 도로의 차 소리와 인도를 오가는 행인들의 소음에도 아랑곳없이 〈넬라 판타지아〉는 도도히 흘렀다. 선율에 홀린 듯 소리가 들려오는 곳을 향해 걸었다. 시내

버스 정류장 옆 컨테이너의 열린 창으로 선율이 흘렀다. 구두 수선하는 곳에서 연주가!

은행나무 가로수 아래 컨테이너 지붕에 '꽃' 간판이 달려 있었다. 밤이면 하트 모양의 간판이 네온사인 불빛에 꽃처럼 피어났다. 수선한 구두를 신고 꽃길만 걸으라는 의미인 모양이라고, 주인이 미적 감성이 풍부한 사람이라고, 그곳을 지날 때 생각한 적이 있었다.

나는 컨테이너 미닫이문을 열고 안으로 들어갔다. 170센티 정도의 키에 연미복을 입고 턱시도 타이를 한 말총머리 남자가 서서 팬플루트를 불고 있었다. 한 평도 채 되지 않는 구두 수선 컨테이너 안에서 말이다. 손 안에 든 작은 팬플루트에서 그런 아름다운 소리가 나다니, 놀라웠다. 연주자가 낯이 익었다. 말총머리에 이어링을 보니 203호에 사는 최고봉 씨였다. 부동산 사무실에서 계약할 때 이름이 특이해 기억하고 있었다. 최고봉, 나는 우리나라에서 최고 높은 봉우리인 백록담이 떠올랐다. 백록담 가 봤어요? 나는 백록담을 간 적이 없지만 가 본 척 물었다. 안 가 봤는데요, 최고봉 씨는 씩 웃으며 머리를 긁적였었다.

나를 본 최고봉 씨는 살짝 눈인사하며 계속 연주했

고 나는 묵례했다. 눈을 지그시 감고 팬플루트를 부는 그는 천상의 세계에 가 있는 듯했다. 곡이 끝나자 브라보! 외치며 나는 손뼉을 쳤다. 뒤이어 최고봉 씨는 경쾌한 트로트 곡 〈내 나이가 어때서〉를 연주했다. 나는 손뼉 치고 어깨춤을 추며 장단을 맞추었다.

한마디로 뿅 갔다. 연주하는 모습에.

연주자는 내 선망의 대상이었다.

언젠가는 나도 청중들 앞에서 연주해야지, 다짐한 적이 있었다.

중학교 일 학년 때 서울서 전학 온 미영이는 전교생이 모인 강당에서 비올라를 연주했다. 그 당시 나는 바이올린이 아닌 비올라, 그런 악기가 있는 줄도 몰랐다. 비올라? 비 안 온다. 비올라를 연주하는 모습도 처음 보았고, 비올라 악기 소리도 처음 들은 나와 비슷한 환경의 촌년 친구들은 미영이가 연주하든 말든 선생 눈치를 보며 킥킥거렸다. 그 연주곡은 기억나지 않지만, 단상에서 교복을 입고 지그시 눈을 감은 채 활로 비올라를 켜는 미영이가 부러웠다. 연주자가 된다는 건 마음뿐, 가난한 집 맏딸인 내가 악기를 연주한다는 건 그림의 떡이었다. 자식들을 다 키우고 생활에 여유가 있을 때 어릴 적 꿈이 생각나서 피아노를 배우고 싶다고 덕만에게 말했다. 생활에 아무런 도움이 되지 않는 거를 왜 배우냐, 차라리 공인 중개사 자격증을 따든가 도배를 배우면 원룸에 훨씬 실용적이라고 덕만은 통박을 주었다. 더럽고 치사해서 안 한다, 나는 눈을 흘겼다. 그 뒤로 뭔가를 배우겠다는 말은 꺼내지 않았다. 가정의 평화를 위해서.

연주가 끝나자 나는 엉겁결에 신고 있던 첼시 부츠를 벗었다. 그사이 그는 연미복을 벗고 턱시도 타이를 풀었다.

밑창 좀 갈아 주세요.

부츠를 수선하려고는 생각하지 않았다.

최고봉 씨는 부츠를 살피며 말했다.

많이 낡았네요, 유행도 한참 지났고. 이런 신을 아직도 신으시니 사장님은 엄청 검소하시네요. 하기야 정주영 회장도 구두 한 켤레 사면 뒤축을 갈아 가면서 십 년 이상을 신었다잖아요.

십 년씩 신으면 구두 장사 망하게. 그러면 쓰나! 한 이 년 더 신고 버리려고요.

최고봉 씨는 첼시 부츠의 밑창을 뜯었다. 고무를 구

두 모양으로 잘라 접착제를 붙였다.

언제 팬플루트를 배웠어요? 악기를 다루는 걸 보니 유복하게 사셨나 봐요?

손님이 없을 때 그냥 심심해서 불어요. 어릴 적에 노랫소리와 악기 연주하는 소리를 듣고 자랐거든요. 판소리부터 기타에 드럼까지…… 웬만한 악기 소리는 다 들어 봐서…….

여기서 일하는 줄은 몰랐어요?

제 사업체입니다.

계약하기 전 203호를 보러 왔을 때 말총머리에 양복을 입고 잘 손질된 옥스퍼드 구두를 신은 최고봉 씨에게 나는 회사에서 막 퇴근한 길인 줄 알고 어디서 근무하세요? 하고 물었다. 그는 첨단에서 작은 가게를 운영한다고 답했다. 작은 것은 맞지만 버스 정류장 옆 컨테이너에서 구두를 수선하는 줄은 생각도 못 했다.

삐까번쩍한 최고봉 씨 몽크 스트랩 구두가 눈에 들어왔다.

그 구두 에르메스요?

그건 아니고, 제가 만든 거예요. 연주할 때는 무대에 서는 것처럼 새 구두를 신어요.

연미복까지 차려입으려면 번거롭지 않으세요?

습관 되면 괜찮아요. 자세가 중요하거든요.

반듯한 어깨와 곧은 허리, 15도 정도 위를 보고 걷는 그는 언제나 단정한 차림이었다.

최고봉 씨는 첼시 부츠를 들고 바깥으로 나가서 드릴에 갈았다. 윙 드릴 가는 소리가 요란하게 귀를 때렸다. 겨우 엉덩이를 걸칠 수 있는 나무 의자에 앉아서 컨테이너 안을 눈으로 둘러보았다. 가운데는 작업대와 구두약과 솔이, 오른쪽 벽에는 악보와 팬플루트가 걸려 있었다. 벽의 선반 위에는 수선한 구두와 핸드백이, 그 아래 선반에는 커피포트며 일회용 커피와 찻잔이 놓였다. 미닫이 유리문에는 '남·여 광택 수선, 구두 수선, 염색, 뒷굽, 광택 전문, 통굽, 앞 보조 창, 금이빨 삽니다.'가 붉은 글자와 파란 글자로 쓰여 있었다. 컨테이너가 없는 것 빼고 다 있는 다이소처럼, 그의 작은 왕국 같았다.

그사이 최고봉 씨가 문을 열고 들어왔다. 부츠를 구두약으로 닦았다. 밑창만 갈려고 했는데 닦기까지 했으니 수선비가 많이 나올 것 같았다. 차라리 새것을 사는 편이 나은데, 속으로 뇌까렸다. 가격표가 붙은 남성용 새 구두와 디자인이 무난한 여성용 구두가 진열된 게 눈에 들어왔다. 파는 걸까?

예전에 제화점 했어요?

제화점을 한 건 아니고 제화공이었습니다. 제화점에서 어깨너머로 구두 만드는 걸 봤는데 몇 번 해 보니까 되더라고요. 손재주가 좋아서 무엇이든지 손으로 만드는 것은 다 잘 만들었어요. 어릴 적에 레고로 배나 비행기, 집도 만들고 온갖 것을 만들었죠. 고장 난 시계나 선풍기 등등 버린 걸 고쳐서 완제품으로 만들어 썼지요. ……장애인 구두를 만들어 달라는 사람이 있어서…… 발이 짝짝이인 사람들이 의외로 많거든요.

자기 일에 대한 열정이 대단한 사람이구나, 생각했다. 발가락이 여섯 개인 농눅의 구두도 최고봉 씨가 만들어 준 걸까? 언젠가 농눅이 일하는 아시아 마트에 갔을 때 지금 본 구두와 똑같은 디자인의 구두를 신고 있는 걸 보았다. 농눅이 방을 구하러 왔을 때다. 운동화를 벗고 방 안으로 들어선 그녀의 맨발은 평발에 가까웠고 발가락이 여섯 개였다.

일은 할 만해요?

나는 최고봉 씨가 구두 수선으로 월세라도 제대로

낼지 노파심에서 물었다. 요즈음은 운동화가 대세지 않은가.

이게 블루 오션이거든요. 욕심 안 부리면 혼자 먹고 살 만해요. 할머니한테 물려받은 유산도 있고…… 별로 돈 쓸 데가 없어요.

묻는 의도에 기분이 나쁠 수 있으나 그는 전혀 개의치 않는다는 듯 말했다.

최고봉 씨는 다 닦은 부츠를 내밀었다. 낡은 앵클 첼시 부츠에 광이 났다.

얼마예요?

됐어요. 제가 사장님한테 돈을 받겠어요? 그냥 해 드린 거예요.

부모와 자식 간에도 계산은 정확해야 하니까 받으세요.

나는 흘깃 가격표를 보고 넉넉히 만원을 내밀었다. 그는 손사래를 쳤다. 창 너머로 붕어빵 파는 노점이 보였다. 나는 붕어빵을 사 와서 최고봉 씨에게 방금 갓 구운 붕어빵을 건넸다.

어릴 적에 이거 하나 얻어먹으려고…… 별 아양을 다 떨면서 비위를 맞추고…… 제가 안 해 본 일이 없어요. 사장님이 큰누님같이 편해서 하는 말인데…… 운을 떼면서 풀어 놓은 그의 이야기는 이랬다. 그의 엄마는 마지막 남은 요릿집 기생이었다. 그는 어릴 적 기생이 부르는 노래와 악단의 연주를 듣고 자랐다. 기생들의 구두 밑창이 닳은 것을 갈아 끼워 주거나, 룸살롱 남자 손님의 구두를 닦아 주고 용돈을 벌었다. 기억은 잘 나지 않지만, 자신의 엄마한테 들은 말에 의하면, 절대음감을 가지고 태어난 그는 대여섯 살 때인가 손님들 앞에서 정확한 음정과 박자로 노래를 불렀다. 악단들 몰래 악기를 연주하다가 혼이 나기도 했다. 그래도 음악이 있어 견디는 힘을 얻었다. 태어나 보니 아버지가 없었으나 그도 아버지에 대해 궁금하지 않았다. 그의 엄마가 딱 한 번 말했다. 이놈 저놈 상대하다 보니 어떤 놈의 씨인지 어떻게 아느냐, 안들 무슨 소용이 있느냐, 하룻밤의 정사에 들어선 새끼를…… 태어나게 해 줘서 고맙다고 할 것 없다. 지울 수 없어 낳은 것뿐이니까.

나도 속사정을 털어놓았다. 한바탕 부부 싸움을 하고 화난 속을 달랠 겸 바람이나 쐬려고 나온 참이다. 남편이 나이 들어갈수록 잔소리가 많아서 속상하다고.

생각해 보니 맞네. 내가 큰누님뻘은 되지. 앞으로

사장님이라고 부르지 말고 편하게 누님이라고 하소. 난 동생이라고 부르려네. 말 낮춰도 되지?

나는 화제를 바꾸기 위해 붕어빵 꼬리를 베어 먹고 말했다.

어이 동생, 사람은 수선 안 하나? 우리 남편 좀 고쳐주소. 사용 기한이 다 되어서 고장 난 데가 많아. 고쳐쓰든가 좋은 놈으로 새로 바꿔야겠네, 동네 당근마켓에 공짜로 준다고 내놓아도 아무도 안 갖고 가. 십만 원쯤 얹어서 내놓아야 할런가?

아무도 안 갖고 가는 걸 누구한테 덤터기 씌우려고요. 그냥 누님이 쓰세요, 누님한테 제일 잘 맞아요.

최고봉 씨는 웃으며 말했다.

근데, 많고 많은 악기 중에서 왜 팬플루트야? 하기야 나도 고르고 고른 남자가 김덕만이지만.

팬플루트는 한쪽 팔 안에 쏙 안기는 여자 같다고 할까요. 제 손안에 들어오는 느낌이 좋아요. 갖고 다니기도 편하고, 혼자 연주해도 좋고, 저한테 딱 맞는 짝, 반려 악기죠.

반려 악기! 라는 말이 귀에 쏙 들어왔다. 반려동물만 있는 게 아니라 반려 악기도 있을 수 있지. 어쩜 저이는 말도 재치 있게 할까. 무뚝뚝하고 꼰대 같은 덕만에게 평생 들어 보지 못한 말이었다.

누님을 위해서 한 곡 들려 드릴까요? 제가 좋아하는 곡인데요. 어릴 적에 술집에서 어느 손님이 이 노래를 불렀는데 가슴이 먹먹했어요.

최고봉 씨는 삼 년째 203호에서 살고 있지만, 이렇게 많은 이야기를 나눠 본 적이 없었다. 우연히 마주치면 가볍게 묵례하고 지나갔다. 대화해 보니 나를 편하게 하려고 애쓰는 듯 보였고, 눈이 마주치면 시선을 피해 살짝 아래로 눈을 내리깔았다. 그는 내 말에 아, 그래요. 그렇군요, 하며 고개를 끄덕였다. 나는 내 말을 들어 주는 것만으로도 가슴속에서 따뜻한 일렁임을 느꼈다. 존중받고 있다는 걸 느꼈다. 덕만은 내가 말하면 티브이를 틀어 놓은 채 유튜브를 보면서 내 말을 듣는 둥 마는 둥 하거나, 안 들어도 무슨 말인지 다 안다고, 그만하라고 말을 싹둑 자르며 무시하곤 했다.

그는 다시 팬플루트를 불기 시작했다. 〈외로운 양치기〉에 이어 〈사랑의 기쁨〉이었다. 곡이 끝날 무렵, 나는 스스로를 꼭 안아 주었다. 최고봉 씨가 나를 안아 주면 더 바랄 게 없겠지만. 오직 나만을 위해 연주해 준 사람은 최고봉 씨가 처음이었다. 가슴이 벅찼다. 존재감을 느꼈다. 평생 가족을 위해서 살았으나 예순일곱 먹도록 나를 위한 것, 오직 나 하나만을 위한 것은 없었다. 나도 괜찮은 사람이구나 싶었다.

아이고, 재주가 많아서 혼자 살기 아까운 사람이네. 좋은 사람 만나 서로 등도 긁어 주고 애 낳고 그렇게 살아야지, 혼자 살면 뭐가 좋아. 내가 좋은 사람 소개해 줄까? 재주가 많은 사람은 국가를 위해서도 애를 많이 낳아야 해.

손님이 들어왔다. 자리에서 일어나려고 하자 누님, 더 놀다 가세요, 그가 말했다. 그러고 싶었지만, 손님 눈치가 보여서 나왔다.

그날, 덕만과 딴 방에서 잤다. 잠이 오지 않아 전봉건의 시 「피아노」를 읽는데 팬플루트를 부는 최고봉 씨 모습이 떠올랐다. 마음이 달떴다. 그의 연주를 들으면서 잠들 수 있다면…… 팬플루트의 음계를 넘나들듯이 내 몸을 연주한다면…… '나는 바다로 가서 가장 신나게 시퍼런 파도의 칼날 하나를 집어' 들 수 있을까. 마음이 싱숭생숭했다. 내 마음을 흔드는 이것은 무엇이지? 뜬눈으로 밤을 새웠다.

설레는 마음을 알고 싶어 다시 컨테이너로 향했다. 컨테이너에 들어가지 않고 주위를 빙빙 돌았다. 결혼 생활 사십여 년, 한 지아비와 살면서 단 한 번도 남편인 덕만 외에 다른 남자를 탐한 적이 없었다. 덕만을 너무나 사랑하고 도덕적인 사람이어서가 아니었다. 영혼을 빼앗길 만한 남자가 없었고, 무엇보다 가정을 지켜야 한다는 책임감이 더 컸을 것이다. 덕만에게 큰 불만이 있는 건 아니었다. 여전히 덕만을 사랑하고 존경하며, 보통의 부부들처럼 타성에 젖어 오누이처럼 살고 있다. 그런데 최고봉 씨가 훅 치고 내 마음에 들어왔다.

최고봉 씨가 현관 천장에서 물이 샌다고 전화했다. 불편하게 해 죄송합니다. 확인하고 조치해 드리겠습니다. 언제 방문할까요? 둘이 있을 때는 누님과 동생으로 말할 수 있지만, 덕만이 내 휴대폰을 엿볼 수 있으므로 세입자와 건물주의 관계로 문자로 답했다. 제가 없어도 언제든 방문하셔도 괜찮습니다. 최고봉 씨는 도어 록 비밀번호를 문자로 보냈다.

덕만과 함께 303호로 갔다. 얼마 전 입주한 303호 세입자가 변기 수조에서 물이 새는 걸 일주일 넘게 방치해 아래층 203호로 흘러내린 모양이었다. 덕만이 변기 수조 뚜껑을 열었다. 방향제가 배수구를 막고 있었다. 덕만이 방향제를 꺼냈다. 잠겨진 밸브를 열고 수조의 물을 내렸다. 누수를 찾느라 변기를 뜯을 뻔했는데 그만하기 다행이네, 덕만이 안도의 한숨을 쉬며 말했다.

203호로 내려갔다. 천장 센서 등 주위 흰 벽지에 한 뼘 정도 얼룩이 져 있었다. 방 안을 살펴본 덕만이 말했다. 정리정돈해 놓은 거 좀 보소. 당신은 왜 이렇게 못해, 나는 입을 비쭉이며 구시렁거렸다. 그렇게 말하는 저도 못 하면서. 싱크대 위 일렬로 세워 놓은 콜라병에 물이 들어 있었다. 최고봉 씨는 콜라병조차 씻어서 버리는 모양이다. 나는 손가락으로 장식장을 쓸었다. 먼지 하나 묻지 않았다. 정돈된 방이 모델 하우스 같았다. 이 방을 우리 원룸의 모델 하우스로 사용하면 좋겠다고 생각했다. 최고봉 씨는 월세를 밀린 적이 없었고, 월세를 냈다는 문자를 빠트리지 않고 보냈다. 그가 버린 택배 상자에는 주소가 제거되어 있었다. 나는 침대에 벌러덩 드러누웠다. 아, 편하다. 그의 체취가 나는 듯했다. 엎디어 그의 베개에 코를 박았다. 뭣 해! 남의 침대에 누워서, 이 여자가 미쳤나! 덕만이 말했다. 매트리스에 문제가 있는가 확인해 본 거야.

장마로 며칠 동안 비가 왔다. 벽지 얼룩이 더 진해 졌어요, 최고봉 씨는 다시 문자와 얼룩진 천장 사진을 보내왔다.

도배를 다시 해 줘야 한다니까.

나는 티브이 드라마에 열중인 덕만을 다그쳤다.

천장을 다 도배 안 하고 일부만 하면 보기 싫어서 안 돼, 다음에 방 전체 도배할 때 그때 해야 한다고.

그럼, 도배를 다시 해 주면 되잖아.

이 여자가 미쳤나? 203호는 도배한 지 얼마 안 돼서 깨끗해! 당신도 봤잖아.

미쳤나, 덕만이 나를 지청구하는 말버릇이다. 진짜 미치는 거 보여 줘! 맞받아치려다 최고봉 씨가 나를 위 해 팬플루트를 연주하던 모습이 떠올라 참았다.

나간다고 하면 어쩔 거야. 얼룩진 데라도 해야 한다 니까. 사진도 보냈어.

나는 최고봉 씨가 보낸 사진을 덕만에게 내밀었다. 내 등쌀에 흰 벽지와 풀, 도배할 도구를 들고 203호로 내려갔다. 벽지를 자르며 덕만이 구시렁거렸다. 보통 사람 같으면 이 정도는 그냥 지낼 텐데 꼼꼼한 사람이라 대충 넘어가지를 않는구먼, 피곤한 스타일이야. 덕만이 잔소리하든 말든 도배를 끝내고 나는 최고봉 씨에게 문자를 보냈다. 미안하지만 얼룩진 곳만 도배했어요. 나중에 벽지가 더러워지면 방 전체 도배해 드릴게요.

205호에 사는 태국인 농눅이 203호에서 나오는 걸 보았다. 나는 202호 화장실 전구를 갈고 문을 닫으려던 참이었다. 저 여자가 왜 최고봉 씨 방에서 나오지? 건물주인 나도 함부로 들어갈 수도 없는데 말이다. 그렇다고 당신이 왜 거기서 나오는 거요! 하고 얼굴 맞대고 따질 수도 없었다. 최고봉 씨는 이 시각 방에 없을 텐데, 비밀번호를 어떻게 알았을까. 혹시 건물주가 알고 있는 마스터키 비밀번호를 농눅이 알고 있는 건 아닐까.

나는 겸연쩍게 웃으며 농눅에게 말했다.

복도 청소 다 했어요?

농눅은 서툰 한국어로 말했다.

오늘 청소 안 해요.

농눅은 일주일에 두 번 우리 건물의 복도 청소와 쓰레기 분리수거를 한다. 월세 내기가 어려워 자신이 청소하겠으니, 월세를 깎아 달라고 제안했다. 마침 덕만도 청소하기 싫었는데 해방이다, 만세를 불렀다. 하루는 그녀가 일하는 아시아 마트에 음식물 스티커를 사러 갔다. 6밀리 스무 장, 15밀리 스무 장을 사고 가격을 물었다. 말귀를 못 알아듣는지 농눅이 번역기를 틀었다. 평생 한국어를 사용하는 나는 번역기의 한국어를 알아듣기 어려웠다. 답답해서 가슴을 쳤다. '미소의 나라'에서 온 그녀는 미소가 주 무기인지 나를 약 올리듯 태평하게 미소만 지었다. 계산에 둔한 내가 계산기를 두드려 계산하느라 애를 먹었다. 카드를 내밀며 한국말 빨리 배우세요, 말하자 농눅은 또 미소를 지었다. 아이구 속 터져.

농눅과 몇 마디 말을 섞었다가는 또 번역기를 틀까 봐 나는 먼저 자리를 피해 계단으로 갔다. 기온이 영하 십 도로 내려간 겨울에 첨단 부동산 중개인이 농눅을 데려왔다. 다른 원룸에서는 외국인을 꺼려 사장님이 안 봐주면 오갈 데가 없다고, 한 번만 봐 달라고 사정했다. 외국인은 말이 안 통해 곤란하다고 말했다. 복도에선 농눅이 추위에 벌벌 떨었다. 그녀의 모습과 태국의 더운 날이 오버랩되었다. 추위를 어떻게 견딜까, 불쌍

해서 205호 문을 열어 주었다.

최고봉 씨에게 갈 핑곗거리가 생겼다. 나는 농눅과의 관계를 물어봐야겠다고 생각했다. 신발장에서 수선할 구두를 찾았다. 운동화나 새 구두뿐, 수선할 구두가 눈에 띄지 않았다. 금이빨을 산다는 문구가 컨테이너 유리문에 적혀 있던 게 떠올랐다. 서랍에 굴러다니는 덕만의 금이빨을 찾았다. 컨테이너로 향하는 발걸음이 가벼웠다. 최고봉 씨가 나를 위해 오늘은 어떤 곡을 연주해 줄까? 가슴이 벅찼다. 가는 내내.

아뿔싸! 컨테이너 문이 닫혀 있었다. 일부러 손님이 없을 시간에 맞춰서 왔다. 점심시간도 아닌데 어디로 갔을까. 나는 서서 기다렸다. 최고봉 씨가 연주하는 모습을 생각하자 바닥에서 두 뼘쯤 떨어진 허공에서 걷는 듯 마음이 붕 떴다. 첫사랑인 덕만을 영화관 앞에서 기다릴 때도 이런 마음이었다. 젊을 적, 덕만과 나는 영화를 좋아해 상영되는 영화마다 관람했다. 특히 영화 음악을 좋아하는 덕만이 신혼 때 〈미션〉 영화의 주제곡인 〈넬라 판타지아〉 레코드를 사 와서 들려주었다. 그때는 덕만이 내 우주였고 전체였다. 결혼하고 십 년쯤 지나서 영화 보러 가자 했더니, 타성에 젖어서인지 덕만은 과거의 낭만적이고 자상하던 모습은 사라지고, 그 돈은 삼겹살에 소주 한잔으로 바뀌었다. 비디오가 나오던 시절, 영화는 집에서 비디오로 보면 된다고 했다. 영화는 영화관에서 봐야 제맛이 난다고 나는 우겼으나, 시디가 나올 때는 집에서 시디로, 근래에는 넷플릭스나 유튜브로, 덕만은 경로 우대 영화 요금마저 아까워하는 좀생이로 변했다. 주름이 짜글짜글한 얼굴로 거실 소파에 앉아 유튜브나 티브이를 보면서 입이 찢어지도록 하품하거나 대포를 쏘듯 방귀를 빵빵 뀌는 덕만을 쳐다보면 오만 정이 떨어졌다. 그러니 젊고 잘생겼으며 친절한 최고봉 씨에게 어찌 마음이 가지 않을 수 있겠는가.

〈넬라 판타지아〉를 허밍으로 흥얼거렸다. 기다린지 두 시간쯤 지나자,

그가 나타났다.

어, 누님이 어쩐 일이세요? 많이 기다리셨어요?

기다리긴, 지나는 길에 들러 봤네.

팬플루트 가방을 든 그가 문을 열고 내게 먼저 들어가라고 손짓했다. 자리에 앉아 커피포트에 물을 데워 믹스커피를 탔다.

집에 이게 굴러다녀서 갖고 왔는데.

나는 종이에 싼 금이빨을 내밀었다.

어우!

금이빨을 본 그는 이맛살을 찌푸리며 고개를 돌렸다.

누님, 저기에 놓아두세요.

헐, 그가 좋아할 줄 알았는데 정나미 뚝 떨어지는 표정을 짓자 나는 무안해서 가격을 강조했다.

동생, 요즘 금값이 한 돈에 오십만 원이 넘어. 남편 이를 몽땅 뽑아 올려다 말았고만.

금은 저도 좋아하지만 이건 좀……

하기야 동생은 예술하는 고상한 사람이니까. 그렇기는 하네.

나는 멋쩍게 웃었다. 속으로 참 이상한 사람이라고 생각했다. 금 한 돈 가격에도 미치지 않는 월세를 살면서 금이빨을 혐오하다니, 예술가는 뭐 이슬 먹고 사나?

누님이 갖고 오신 거니까 가격은 잘 쳐 드릴게요.

커피를 마시며 그와 단둘이 있자 다시 편안하고 따뜻한 기분이 들었다. 그는 나를 편하게 대하려고 노력하는 듯 보였다.

우리 사이에 뭔 돈을 받아. 나는 동생이 연주해 주는 곡이면 땡큐지.

어떤 곡을 연주해 줄까, 연미복으로 갈아입으려면 시간이 걸리겠지, 속으로 애타게 기다리는데 그가 시계를 보았다.

누님, 바쁘세요? 급하게 수선할 게 있어서요. 곧 찾으러 올 텐데 어쩌죠?

있는 것이 시간인데 바쁘긴. 나는 손사래를 치며 말했다. 바쁜 일부터 먼저 하시게.

구두를 손질하는 최고봉 씨 손놀림은 섬세하면서도 절제되었으며 악기를 다루는 듯했다. 벽에 붙은 악보가 눈에 띄었다. 내림 마장조의 악보에 연필로 계명을 적어 놓았다. 악보를 볼 줄 모르는 걸까. 그러면서 연주를 한다고? 검은색 펌프스 한쪽을 닦고 나자 젊은 여자가 들어왔다. 수선을 맡긴 구두를 찾으러 왔다고 말했다. 이거만 하면 돼요, 그는 손님을 쳐다보며 말했다. 펌프스의 앞코를 닦았다. 곡을 내가 선별할까, 하고 유튜브를 검색하는 중 덕만의 카톡이 왔다. 밥 안 해 ㅠㅠ. 이 인간은 내가 밥으로 보이나.

할 수 없이 자리에서 일어났다. 그도 일어나 문 앞

에서 배웅하며 말했다. 어쩌죠? 누님 다시 들러 주시면 그때 연주해 드릴게요.

농눅과 최고봉 씨가 엘리베이터에서 함께 내렸다. 농눅이 최고봉 씨의 팔짱을 끼고 있었다. 나는 엘리베이터가 내려오기를 기다리다 그 모습을 보았다. 잠자고 있던 질투가 확 깨어났다. 머리 피가 거꾸로 솟고 눈알이 뒤집힐 것 같았다. 농눅의 머리채를 확 뜯어 발기거나, 팔짱을 낀 팔을 확 비틀고 싶었다. 주차장에서 차 사이를 빠져나가는 최고봉 씨 뒤통수에 대고 말했다.

동생, 어디 가! 나도 가면 안 될까?

최고봉 씨가 뒤돌아보며 말했다.

사장님이요?

그는 곤란하다는 듯 머리를 긁적였다.

갑자기 호칭이 사장님으로 바뀌었다. 기분이 상했을까.

사람 사는 데 다 거기서 거기지. 못 갈 데가 뭐 있어, 나는 속으로 뇌까렸다. 마침 음식물 통이 눈에 들어왔다.

농눅 씨, 음식물 통이 넘치는 거 안 보여요!

나중에 해요.

다른 통이라도 갖다 놓아야지. 음식물을 어디다 버리라고!

농눅이 태국말로 혼자 구시렁거렸다. 내가 태국말을 알아들을 수 없는 걸 알고 일부러 내 욕을 하는지 몰랐다. 지켜보고 있자 농눅은 어쩔 수 없다는 듯 넘쳐서 바닥에 떨어진 음식물을 정리하고 스티커를 붙였다. 최고봉 씨는 농눅을 도와 무거운 음식물 통을 들고 도롯가에 내놓았다. 두 사람은 주차장을 빠져나갔다.

저녁 식탁 앞에 앉아도 밥이 넘어가지 않았다. 내가 그 여시보다 못한 게 뭔가. 거울 속의 내 모습을 찬찬히 살펴보았다. 몸은 세월을 비껴가지 못해 주름이 졌지만, 마음은 아직 이십 대의 열정으로 가득하다. 매일 한 시간씩 수영하고 만 보를 걸으며 체력을 유지한다. 축 처진 가슴과 볼록 나온 배, 그 뱃속에서 두 아들이 태어났고, 내 젖을 먹고 자랐다. 그리하여 어머니가 되었다. 제 뱃속으로 자식을 품어 보지 못한 농눅이 자식의 아픔을, 어미의 고통을 알겠는가. 무같이 굵은 팔뚝과 드럼통 같은 허리로 이십 킬로짜리 쌀을 번쩍번쩍 들어 올리고, 해마다 김장하고 메주를 쑤어 장을 담는데, 배

달 음식과 밀키트로 끼니를 때우는 농눅이 살림 맛을 알겠는가. 사십여 년을 한 지아비와 살면서 눈빛만 봐도, 표정만 봐도 남편이 무엇을 원하는지 어떤 마음인지 알 수 있는데, 이제 남자를 사귀는 농눅이 남자의 마음을 얼마나 알겠는가. 더구나 최고봉 씨와 말도 통하지 않는데 말이다. 차근차근 따져 가며 새파랗게 젊은 농눅과 나를 비교하니 내가 진정한 여자인 것 같고, 농눅보다 훨씬 낫다는 걸 느꼈다. 경쟁에서 이길 자신감이 생겼다. 나야말로 '블루 오션'이었다.

농눅의 계약서를 살펴보았다. 만기가 되려면 육 개월이 남았다. 농눅이 한시라도 빨리 스스로 원룸을 나갔으면 싶다. 그러면 경쟁자를 물리친 기쁨에 태국말로 정중히 인사를 해야지. 컵쿤(감사합니다) 라곤(안녕히 가세요).

둘이서 동거하는지 확인하기 위해 최고봉 씨 방에 들어갈 평계를 연구했다. 전자 회사에서 에어컨 무료 점검 기간이라 이번에 절대 놓치면 안 된다고 최고봉 씨에게 문자를 보냈다. 한참 동안 답신이 없어서 전화번호를 눌렀다. 동생, 작년에 그 방은 에어컨 점검을 안 해서 이번에 무료 점검할 때 해야 해, 부재중이면 마스터키로 열고 들어가도 돼? 그러세요, 그는 저음으로 짧게 말했다. 나는 전자 회사 에이에스 센터에 전화해 에어컨 점검 날짜를 잡았다.

에어컨 에이에스 기사와 203호에 들어갔다. 기사가 에어컨 필터를 청소하고 냉매를 보충하는 동안 나는 농눅의 용품이 있는지 방 안을 살폈다. 눈에 들어오는 곳에 여자 용품은 없었다. 수리를 마친 기사에게 비용을 냈다. 기사가 먼저 방에서 나갔다. 나는 옷장과 서랍을 열었다. 도둑질하듯 가슴이 뛰고 입이 바짝 말랐다. 최고봉 씨 옷만 가지런히 정리되어 있었다. 화장실에 들어가 긴 머리카락이 있는지 살폈다. 배수구와 타일 바닥에는 머리카락 한 올 없이 깔끔했다. 방에서 나와 최고봉 씨에게 문자를 보냈다. 에어컨 수리 끝냈어요.

그날 밤, 덕만은 같이 자자며 옆구리를 질벅거렸다. 나는 눈을 흘기며 덕만을 밀쳐 냈다.

덕만을 홀대한 게 미안해서 함께 운동하러 공원에 갔다. 주민의 날 행사 펼침막이 호숫가에 붙어 있었다. 야외무대에 동아리 이름이 새겨진 흰 티셔츠를 단체로 입은 연주단이 눈에 띄었다. 무대 두 번째 줄에 최고봉 씨가 팬플루트를 불고 있었고, 그 뒤로 농눅이 태국 전통 악기인 끌롱탓을 연주하고 있었다. 피리라도 불 수 있다면 최고봉 씨와 저 무대에 설 수 있었을 텐데 아쉬웠다.

동아리 연주가 끝나자, 사회자가 음악이 끝날 때까지 춤을 추는 다섯 명에게 경품으로 온누리 상품권을 준다고 했다. 춤은 자신 있었다. 사람들이 우르르 무대 앞으로 나갔다. 무대로 나가려는데 덕만이 창피하다고 내 팔을 붙잡고 말렸다. 나는 덕만을 뿌리치고 무대로 나가 음악에 맞춰 막춤을 추었다. 온몸이 땀에 젖고 숨이 가빴다. 템포가 빠른 음악이 계속 흘렀다. 지쳐서 머리가 약간 어지러웠다. 춤을 추다 발을 접질려 넘어졌다. 사회자가 다가와 부축하며 괜찮냐고 물었다. 나는 일어나서 아까보다 더 큰 동작으로 몸을 흔들었다. 사람들의 환호가 쏟아졌다. 끝까지 버티다 다섯 명 안에 들었다. 자리로 돌아와 상품권을 덕만의 눈앞에 흔들었다. 막간을 이용하여 공원 화장실에 갔다 오니 다시 동아리 연주가 시작되고 있었다. 저것도 연주라고 하나? 시끄럽기만 하네. 그만 가자, 덕만의 팔을 잡아당겼다. 그러다가 덕만의 운동화가 벗겨졌다.

신발장을 청소하다 구석에 있는 신발 상자를 열었다. 몇 년 전 아들이 신혼여행에서 사 온 덕만의 구찌 홀스빗 검정 로퍼가 들어 있었다. 그 구두를 즐겨 신던 덕만은 밑창이 닳았다고 근래에 신지 않았다. 나는 구두를 종이봉투에 담고, 306호에서 가져온 루이뷔통 가방을 들었다. 신나는 발걸음으로 최고봉 씨의 컨테이너로 향했다. 남편에게 이 정도의 명품을 신게 하는 사람이란 걸 보여 주고 싶었다.

연미복을 입고 턱시도 타이를 한 최고봉 씨가 팬플루트 부는 모습이 열려 있는 컨테이너 창으로 보였다. 〈The House of The Rising Sun〉이 잔잔하게 흘러나왔다. 문을 열고 들어가자, 그는 연주를 멈추고 입에서 팬플루트를 뗐다.

동생, 공원에서 연주하는 거 봤는데 너무 멋지더라. 판타스틱이었어!

나는 목소리 톤을 높여 말했다.

누님도 춤 잘 추시던데요. 어디서 그런 힘이 나세요?

노래방 춤이지.

단원들이 연습하느라 고생했어요.

그의 말투가 예전처럼 낫낫해서 기분이 풀어졌나

보다 생각했다.

나는 구두를 꺼냈다.

밑창 좀 갈아 주소.

그는 팬플루트를 한쪽에 치우고 구두를 이리저리 살폈다.

명품이라 가죽이 좋네요. 밑창만 보강하면 본 굽이 더는 닳지 않아요. 이 구두는 보조 굽이 닳으면 그것만 바꿔 주시면 계속 신을 수 있어요. 최고봉 씨는 연장통을 뒤적거렸다. 지금은 맞는 밑창이 없으니 맡겨 놓으시면 주문해서 고쳐 놓을게요.

농눅도 연주를 잘하더라. 태국 전통 악기로 연주하는 거 처음 봤어.

나는 농눅을 추켜세웠다. 농눅을 험담해서 최고봉 씨의 마음을 얻기 힘들다는 걸 깨달았다.

농눅이 한국 남자와 결혼해서 태국 마사지 숍을 할 거라고 하던데 알고 있어? 코리안드림으로 꿈을 이루어야 할 텐데 말이야. 근데 요즘 뉴스에 한국 노총각을 노리는 이상한 케이스가 많다고 하대. 국적을 취득하기 위해 한국인과 위장 결혼하고 이혼한 뒤 자국의 가족을 데리고 온다는 거야. 농눅이 그러지는 않겠지?

나는 최고봉 씨의 눈치를 살폈다. 그는 옅은 미소를 지었다. 이들은 미소로 통하나?

누님은 어떤 곡을 좋아하세요? 말씀하시면 연주해 드리겠습니다.

갑자기 받은 질문에 어떤 곡을 고를지 생각하다 나는 레오로 하스의 〈El Condor Pasa〉를 연주해 달라고 말하려고 했다. 오래 뜸을 들여서인지 기다리던 최고봉 씨는 금이빨 값이라며 봉투를 내밀었다.

누님, 계약까지만 살고 방을 빼려고요.

컨테이너로 오면서 생각했다. 다음 달부터 월세를 올리려고 하는데 최고봉 씨는 빼 줄 거라고, 사는 동안 그에게는 월세를 올리지 않겠다고, 그러면 고마워서 계속 우리 원룸에 살 것이며, 오랫동안 곁에서 그를 볼 수 있겠다고. 그런데 방을 빼겠다니! 난데없이 뒤통수를 한 대 얻어맞은 것 같았다. 그때 근처에서 붕어빵 파는 아주머니가 문을 드르륵 열고 들어왔다.

잊어버린 줄 알았네, 밀린 거 좀 주소.

얼마였어요?

팔천오백 원.

그는 호주머니를 뒤적거렸다.

현금이 없는데 어쩌죠?

그는 카드를 내밀었다.

우린 카드 안 되잖아. 얼마 안 되니 웬만하면 지금 줬으면 좋겠는데.

돈 여기 있어요. 나는 만 원을 내밀었다. 나머지는 됐어요. 카드를 안 받는 건 아줌마 잘못이죠.

나는 최고봉 씨를 두둔했다. 붕어빵 파는 아주머니가 나간 뒤 최고봉 씨는 자꾸 시계를 보았다. 농눅이 문을 열고 들어왔다. 오빠 늦었어. 나를 보더니, 가볍게 인사했다. 연미복을 벗고 일상복으로 갈아입은 최고봉 씨는 서둘러 악보와 팬플루트를 챙겨서 가방에 넣었다. 약속이 있어서…… 연주는 다음에…….

나는 할 수 없이 그들과 컨테이너를 나왔다. 농눅이 최고봉 씨의 팔짱을 끼고 머리를 어깨에 기대며 걸어갔다. 최고봉 씨는 손으로 농눅의 긴 머리카락을 쓰다듬었다. 통통하게 굵고 윤기 나는 모발이 햇볕에 반짝거렸다. 흰 새치로 덮인 가늘고 푸석한 내 머리카락과 농눅의 검은 머릿결이 햇볕에서 대비되었다. 최고봉 씨가 농눅의 어깨를 팔로 감쌌다. 저놈도 젊은 게 최고인 모양이네, 혼자 중얼거렸다. 삐까번쩍 광나는 내 자존심에 흠집이 생긴 것 같았다.

집으로 와서 최고봉 씨 계약서를 확인했다. 다음 달이 만기였다. 냉철히 되짚어 보니 어쩌면 나는 최고봉 씨가 팬플루트를 부는 그 모습 자체에 반했는지 모르겠다.

우울감에 빠져 있는데 덕만이 보여 줄 영화가 있다고 나와 보라고 했다. 영화는 영화관에서 봐야지, 구시렁거리며 나는 마지못해 거실 소파에 앉았다. 덕만이 넷플릭스를 틀었다. 제목이 〈밤에 우리 영혼은〉이었다. 영화가 끝나고, 집에서 봐도 괜찮네, 하고 나는 히죽 웃었다. 영화의 영향 때문인지 다른 방에서 자던 우리는 모처럼 함께 방에 누웠다. 지난날들—연애할 때의 설렘, 시집왔을 때의 낯섦, 자식들이 처음 입학했을 때의 기쁨, 부모님이 돌아가셨을 때의 상실감, 덕만이 퇴직했을 때의 막막함—등을 밤이 깊도록 이야기했다. 연민이 일었다. 나는 덕만의 얼굴을 유심히 쳐다보았다. 주름 사이사이마다 함께한 우리의 세월이 들어 있었다. 덕만의 주름진 얼굴을 쓰다듬었다. 덕만도 내 얼굴을 쓰다듬었다. 당신, 사느라 고생했네. 나는 유튜브로 〈넬라 판타지아〉를 틀었다. 덕만이 불을 끄고 입을 맞추었다. 〈넬라 판타지아〉 선율이 감미롭게 흘렀다. 덕만은 열정적이지는 않지만, 부드러웠다. 나는 속으로 덕만에게 말했다. 당신이 최고봉이야!

고장 난 문짝

*

　방을 빼겠어요. ㅎㅎㅎ 계약 만료 두 달 전에 통보
하라고 계약서에 적혀 있어서 연락드립니다. 강솔은
웃는 이모티콘을 넣어서 카톡을 보내왔다. 나를 조롱
하고 비웃으려는 수작일 터. 하, 이것 봐라! 쥐방울만 한
게 어른을 놀려?

　휴대폰에 저장한 세입자 연락처에서 강솔을 검색
했다. 201호 강솔. 어떻게 대처할지 고민했다.

　오 분쯤 지나 전화벨이 한참 울렸다. 강솔이었다.
받을까 말까 망설이다 전화를 받았다.

　제가 곧 결혼해요! 남자 친구가 의사거든요. 결혼하

면 서울서 살아야 하니까 방을 빼려고요.

강솔은 서울 사람이 된 듯 서울 말씨였다. 문자로 해도 될 텐데 굳이 전화한 것은 의사와 결혼한다고 자랑하려는 심보일 것이다.

알겠어요. 나는 귀를 후비며 말했다. 의사와 결혼한다고 방을 빼겠다면, 내가 한 발 뒤로 물러서서 중도 퇴실 손실금도 받지 않고 의사랑 결혼해요? 축하합니다, 반색하며 어물쩍 넘어가리라 생각했을까. 결혼하든 이혼하든 그건 네 사정이고 나는 계약서대로 이행하면 돼.

강솔은 201호에 일 년 계약으로 사는 동안 몇 번이나 나간다고 떠벌리며 자발스럽게 굴었다. 드라마 〈나의 해방일지〉를 보고 있었는데 이번 기회에 강솔이 방을 뺀다고 하니 내가 해방된 기분이었다.

수많은 세입자를 겪었지만 강솔 같은 사람은 처음이었다. 그때 잘랐어야 했다.

손님이 방이 마음에 든다며 바로 입주한다고 하네요, 큐 부동산 실장이 주차장에서 전화했다. 잠깐만요! 세입자 얼굴도 보기 전, 계약금이 먼저 들어와 빼도 박도 못하는 곤란한 상황이 벌어지기 전, 나는 주차장으로 바삐 내려갔다. 강솔의 얼굴은 맑고 흰 피부에 잡티 하나 없이 깨끗해 눈에 확 띄었다. 쌍꺼풀이 진한 눈, 높지도 낮지도 않은 적당한 콧대, 다문 입매가 야무져 보였다. 아이보리색 블레이저와 베이지색 팬츠, 이너까지 톤 온 톤으로 맞춘 차림은 비싼 옷은 아니어도 깔끔하고 세련돼 보였다. 그녀에게선 어딘지 모르게 귀티가 흘렀다.

뭐 하는 사람이에요? 저희는 돈보다 사람이 먼저라서 신분이 확실해야 해요.

다사랑 식자재마트에서 사무를 봅니다.

얼마 전 근처에 식자재마트가 새로 생겼다. 거기서 일하는 모양이라 생각하고 나는 고개를 끄덕였다.

차 있어요?

없어요.

다행이네요. 주차장이 부족해서요.

제 차는 없고 남자 친구 차는 있어요. 남자 친구가 가끔 와요.

남자 친구와 살 거요? 둘이 살면 방세를 오만 원 더 내야 해요.

나는 배짱을 튕겼다. 사실은 믿음 부동산에서 201

호 방을 보러 오기로 되어 있었다. 대학생이라고 했다.

혼자 살 거예요.

그녀는 계약서의 특약 사항을 꼼꼼히 읽으며 말했다.

청소비 십만 원은 뭐예요?

청소는 분쟁의 소지가 커 저희는 세입자가 나갈 때 일괄적으로 받아요. 청소 전문업체는 십팔만 원이에요.

그럼, 세탁기와 에어컨도 청소해 주나요? 어떤 집에는 세탁기 냄새 때문에 빨래에서 냄새가 나거든요.

전문가에게 맡기면 비용이 얼만데? 그걸 해 달라고? 나는 뭐 먹고 살고? 속으로 구시렁거리며 말했다. 그건 좀 곤란한데…….

부동산 실장과 방의 상태를 확인했음에도 강솔은 한 번 더 방을 보고 싶다, 했다. 다시 201호로 갔다. 강솔이 싱크대의 물을 틀었다. 물이 시원하게 쏟아졌다.

불이 나면 어떻게 해요?

화재경보기가 울려요. 나는 천장에 있는 화재경보기를 가리켰다.

그러니까 방에서 담배를 피우면 안 돼요. 경보기가

올려요.

부동산 실장이 말했다.

소화기는 있어요? 강솔이 물었다.

방마다 비치되어 있어요.

나는 소화기가 든 신발장을 열었다. 소화기까지 확인한 세입자는 처음이었다. 꼬치꼬치 따지는 강솔이 집주인인 것 같고 내가 '을'이 된 기분이었다.

사장님, 지금 바로 입주하면 안 될까요? 이분이 내일 출근해야 해서요.

내 눈치를 보던 부동산 실장이 말했다.

깨끗이 쓸게용.

강솔이 애교를 떨었다.

요즈음 근처 원룸에 공실이 없어 방 구하기가 어렵다는 걸 나는 알고 있다. 큐 부동산 실장이 함구하고 있어도 말이다. 큐 부동산 실장은 모처럼 계약 '한 건'을 하려는데, 내가 틀어 버리면 낙동강 오리알 신세가 될 터, 그와 계속 거래해야 하는데, 내가 아쉬울 때는 세입자 구해 달라고 부탁하면서 그가 부탁할 때 거절한다면…… 믿음 부동산에는 미안하지만, 큐 부동산의 손을 들어 주기로 했다.

사장님, 보증금 백만 원은 다음 달에 내면 안 될까요?

큐 부동산 실장이 말했다.

한겨울에 아들을 포대기에 업고 기저귀 가방을 메고 달동네에 셋방 얻으러 다니던 때가 생각났다. 깐깐하긴 하지만, 많은 집 중에서 그래도 내 집에 살려고 온 사람이라 고맙기도 했다.

그렇게 하세요. 추우니까 도시가스에 전화해 가스부터 열어 달라고 하세요.

저녁에 강솔이 신경 쓰였다. 밤이라 도시가스는 천상 내일이나 돼야 열릴 터였다. 가스가 잠겨서 춥고 샤워도 못 할 텐데. 감기라도 걸리면 어떡해, 나는 전기요를 들고 201호로 내려가 벨을 눌렀다. 비가 와서 쌀쌀한데 이거라도 깔고 자면 나을 거예요. 강솔은 전기요를 받으며 감사합니다, 말했다. 밥은 먹었어요? 근처 식당에서 먹었어요. 맛나 식…… 근처 맛집을 알려 주려는데 강솔이 문을 닫았다. 내 휴대폰 벨이 울렸다. 맛나 식당입니다. 며칠째 비가 와서 장을 못 봤다. 마땅히 먹을 게 없어 배달을 시킨 참이었다. 강솔은 그날부터 싸가지가 바가지였다.

강솔이 입주한 그날처럼 비가 줄기차게 내렸다.

뉴스에서는 둑의 물이 범람해 지하 차도로 흘러들어서, 차가 갇히고 인명 피해가 났다고 보도했다. 나는 CCTV로 주차장을 살폈다. 덕만이 주차장에 고인 빗물을 쓸어 내고 있었다. 덕만을 도우러 주차장으로 내려갔다. 나는 밀대로 빗물을 밀며 말했다.

201호 나간다고 하네.

계약 끝났는가?

아직 멀었어. 두어 달 남았어.

그 아가씨가 살 때는 이 층 복도가 깨끗했는데.

아이고 속 모르는 소리 하고 있네. 청소한다고 해 놓고 나한테 청소비 빼 달라고 했어. 자기는 이 층이라 엘리베이터 안 타니까 공용 전기료도 깎아 달라고 했다니까.

관리비 사용 명세서 첨부해 주세요. 입주하고 얼마 지나지 않아 강솔이 톡을 보내왔다. 여태껏 어느 세입자도 관리비에 관해 물은 적이 없었다. 관리비를 어디에 쓰든 말든 관심조차 없었다. 예전에는 관리비를 월세에 포함했다. 임대 사업이 신고제로 바뀌면서 세금을 덜 내기 위해 월세와 관리비를 분리했을 뿐이다. 관리비는 수도세, 공용 전기료, 인터넷 사용료, 청소비 등

입니다./ 어디를 청소하는 거죠? 이 여자가 나를 감사
(勘査)하나? 아니면 내 시어머니인가? 꼬치꼬치 따지
게. 성질이 확 올라왔지만, 성질을 죽이고 톡을 보냈다.
청소 대행업체에 맡기면 일주일에 두 번 복도 청소와
분리수거하고 한 달에 이십오만 원 듭니다. 대신 저희
는 직접 청소하며 매일 수시로 분리수거합니다./ 이 층
은 제가 청소할 테니 만 원 빼 주세요!

　아이고 청소해 봐라, 얼마나 힘든가. 나도 악착같이
살아왔지만, 집주인이 되고 보니까 잔돈푼이라도 아
끼려는 강솔이 짜증이 나면서도 한편으론 야무지다는
생각이 들었다. 예전에 나도 상하 방에서 셋방 살 때 전
기세를 왜 이렇게 많이 내야 하느냐고 주인에게 꼬치
꼬치 따진 적이 있었다. 주공 아파트 오 층에 살 때는 일
요일 아침마다 계단 물청소를 했다. 한겨울, 만삭임에
도 청소비 오천 원을 아끼기 위해 물에 미끄러질까 불
안해하면서 계단을 쓸고 닦았다. 만삭인 배는 당기고,
등에 업은 큰애가 불편하다고 칭얼대도, 찬물에 발이
시려 발가락이 끊어질 것 같아도 참으면서 말이다.

　얼마 동안 강솔은 이 층을 깨끗이 청소하는 듯했지
만 갈수록 자기 집 앞만 청소하는 둥 마는 둥 해 놓았다.

내가 다시 이 층을 청소해야 했다.

네 개의 재활용품 분리수거함 중 페트병이 든 수거함을 통째 거꾸로 뒤집어서 비닐봉지에 담았다. 덕만이 큰 비닐봉지 주둥이를 벌렸다. 종이 상자를 버리기 위해 걸음을 옮기자, 센서 등에 불이 켜졌다. 주차장 천장의 센서 등 두 개는 아예 불이 들어오지 않았고, 한쪽에는 등이 켜졌다 꺼졌다 하며 깜박거렸다. 깜박거리는 빛 때문에 눈이 아팠다. 등 간 지 얼마 안 되었는데 불이 안 들어오네, 덕만이 천장을 쳐다보며 말했다. 201호 센서 등을 간 때가 떠올랐다.

현관 센서 등에 불이 안 들어와요ㅠㅠ. 입주하고 두 달쯤 지나 강솔에게 톡이 왔다. 알겠습니다. 갈아드리겠습니다, 나는 톡을 보냈다. 밤늦게 퇴근하는 그녀와 시간을 맞추기가 어려웠다. 저희가 문 열고 들어가 전등을 갈아도 될까요?/ 넵ㅠㅠ.

전등을 사러 마트에 갔다. 계산대 앞에서 계산원에게 카드를 내밀었다. 안녕하세요, 옆 라인에서 마스크를 쓰고 푸른 조끼 제복을 입은 계산원이 인사했다. 나는 누구인지 알아보지 못했다. 가슴에 단 명찰이 눈에 들어왔다. 강솔. 아, 안녕하세요. 덕만과 나는 인사했다.

사무를 본다더니 캐서 일을 하는 모양이었다.

덕만은 사다리를 들고, 나는 가벼운 전등과 공구함을 들고 201호로 내려갔다. 마스터키로 문을 열었다. 덕만이 차단기를 내리고 사다리 위에 올라갔다. 나는 덕만이 떨어질까 봐 사다리를 꽉 잡고 손전등을 비추었다. 덕만이 헌 전등을 떼었다. 나는 허리를 숙여 새 전등을 덕만에게 올려 주었다. 뺀지! 사다리 위에서 덕만이 외쳤다. 나는 팔을 뻗어 펜치를 건넸다. 덕만은 펜치로 전선 줄을 잘랐다. 구리 전선에 검은 테이프를 감았다. 키가 작은 덕만이 고개를 젖히고 용을 쓰며 손전등 불빛에 전등 가는 걸 쳐다보니 나는 애가 타서 목이 아프고 손에 힘이 들어갔다. 어찌어찌 센서 등에 불이 들어왔다. 문을 닫고 나왔다.

사흘쯤 지났을까. 강솔에게서 톡이 왔다. 제가 이틀간 집을 비웠는데 방에 불을 안 끄고 나갔네요. 다음부터 이런 일이 없었으면 좋겠어요. 헐, 어이가 없었다. 전구나 배터리 등 소모품은 세입자가 교체해야 한다고 계약서에 기재되어 있다. 그 내용을 알려 줄 수도 있었지만, 세입자는 나의 고객이니 고객에게 최선의 서비스를 하자는 마음으로 해 준 거였다. 그런데 전등을 갈아 줘서 고맙다고 하기는커녕 물에 빠진 걸 건져 놓았더니 보따리 내놓으라는 건가. 센서 등을 갈 때 방문 턱에 엉덩이도 걸치지 않았다. 방 안에 눈길도 주지 않았다. 방에서 뭘 뒤졌다고 의심하는 건가. 뭘 잃어버렸다면 도둑으로 몰릴 판이었다. 나는 톡을 보냈다. 방에 불이 켜져 있었는지 꺼져 있었는지 저희는 모릅니다. 방에 들어가지도 않았고 현관에서 작업했습니다. 기존의 것보다 더 좋은 전등으로 갈았다는 말은 하지 않았다. 그녀는 사과도 없었다. 그럼에도 덕만은 복도 청소를 하면서 201호 앞에 내놓은 쓰레기를 종종 치우곤 했다.

페트병이 든 비닐봉지를 덕만이 도로 밖에 버리러 가다가 주차된 모닝에 봉투 모서리를 살짝 부딪쳤다. 주차장엔 덕만의 소나타와 모닝밖에 없었다. 주차장이 시원하게 넓어 보였다. 맨날 그놈의 BMW Z4 빨간 스포츠카가 주차장에 껌딱지처럼 버티고 있어 덕만이 주차할 때마다 불편했다.

BMW가 처음 나타난 것은 강솔이 입주한 지 한 달후였다.

가뜩이나 부족한 주차장에 외부인 차가 세입자 차

를 긁어 놓고 뺑소니를 치거나, 담배를 피운 후 꽁초를 버려서 여간 성가신 게 아니었다. 나는 BMW에 있는 전화번호로 전화했다. 차 좀 빼 주세요. 벨이 울리는 동안 전화를 받은 사람이 빈 주차장에 잠시 주차한 거라고 말한다면, 제가 댁의 빈방에 몰래 들어가 잠시 쉬었다 가면 도둑이나 강도로 여길 것 아녜요, 라고 말할 참이었다. 전화를 받은 남자는 저…… 그게……. 얼버무리더니 전화를 끊었다. 잠시 후 강솔이 전화했다. 그 BMW는 제 남자 친구 거예요. 아, 그래요, 전화를 끊었다. 세입자를 방문한 손님의 차이니 잠깐 있다가 빼겠지, 생각했다. 그 후 BMW는 종종 밤에도 주차되어 있었다.

딱 걸렸다.

외출하고 돌아온 날, 강솔과 남자 친구가 차 안에 있었다. 나는 주차장에서 그들을 지켜보았다. 그들은 내가 들어가기를 기다리는지 차에서 내리지 않았다. 나는 BMW 문을 두드렸다. 남자가 차창을 열었다. 여기다 주차하지 말고 밖에 주차하세요. 세입자들 주차하기에도 주차 공간이 부족해요. 나는 외부 주차장을 가리켰다. 불쾌한 표정이 역력했지만 내가 지켜보고

서 있자 강솔의 남자 친구는 차를 빼 외부 주차장에 주차했다. 나는 엘리베이터를 타고 집으로 올라왔다.

잠시 뒤 카톡 소리가 빗발쳤다. 차는 남자 친구와 공동 명의로 되어 있으므로 제 것이나 다름없어요. 그러니 주차할 수 있는 거 아닌가요. 나는 차가 공동 명의라는 말을 믿을 수 없었다. 손님은 차를 외부에, 내가 빠르게 첫 톡의 답을 적는 사이에 강솔의 톡이 굴비를 엮어 놓은 것처럼 줄줄이 달렸다. 주차하세요, 나는 겨우 답을 보냈다. 그 답은 강솔이 마지막에 보낸 장문의 톡 밑에 달렸다. 늙고 젊음의 차이는 톡을 보내는 속도에 달렸을까. 천천히 갈수록 멀리 간다, 라오스 속담이 생각났다. 무슨 말이에요? 재빨리 강솔의 답이 왔다. 강솔이 보낸 내용과 내가 보낸 내용의 문맥이 맞지 않았다. 그러거나 말거나.

며칠 후 강솔이 톡으로 사진을 보내왔다. 불법 주차 딱지였다. 나 때문이라고? 내가 밖에 주차하라고 했기 때문이라고? 내가 왜? 사진을 확대했다. 차 바퀴 한쪽이 인도에 물려 있었다. 범칙금이 34,000원이었다. 범칙금을 나더러 내라고 톡을 날렸을까. 그렇게는 못 하지. 덕만에게 일렀더니 구청에 이의를 제기하면 된다고 말했다. 강솔, 얄밉긴 하지만 우리 세입자라서 나는 다시 톡을 날렸다. 개인 주차장에 주차한 거니까 구청에 문의해 보세요. 인도를 지나던 주민이 사진을 찍어서 신고한 거라고 했다. 범칙금을 냈는지 어쩠는지 모르지만, 혼자 산다던 강솔은 남자 친구와 동거하고 있었다. 고급 외제 스포츠카가 주차되어 있으니 먼지를 뒤집어쓴 낡은 모닝이 주차된 것보다 좋아 보이긴 했다. 남들 눈에 원룸 수준이 높아 보일 수 있으니까.

그러고 보니 BMW Z4 빨간 스포츠카가 보이지 않았다. 그놈의 차를 본 지 오래되었다.

201호 보증금 내줘야 하는데, 걱정이네.

나는 한숨을 쉬며 덕만을 쳐다보았다.

월말이라 각종 세금과 카드값을 내야 하고 보증금까지 몇백만 원은 있어야 하는데 월세가 제때 안 들어오면 돈이 부족할지도 모른다.

마통이라도 쓰소.

덕만이 허리를 펴며 말했다.

돈이 궁할수록 남에게 줄 돈부터 신경을 써야 하므로 강솔에게 톡을 보냈다. 보증금 언제까지 주면 돼요? 한참이 지나도록 답이 없었다. 에어컨 무료 점검

할 때도 강솔은 자기 말만 쏟아 놓고 다급한 내 톡에는 답이 없었다. 지난해 에어컨 점검 때에도 비슷한 상황이었다. △△전자 회사에서 에어컨 무료 점검을 시행했다. 사전에 세입자들에게 문자로 에어컨 점검 날짜를 알리고 엘리베이터 안에 공고문을 붙여 놓았다. 당일 집에 없으면 저희가 문을 열고 들어가겠습니다.

집에 있어요. 에어컨 필터도 청소하고 냉매도 넣어 줍니까?/ 그것까지는 모릅니다. 기사가 와 봐야 알겠죠. 그날 201호 벨을 아무리 눌러도 강솔은 문을 열어 주지 않았다. 전화해도 받지 않았다. 저희가 문을 열고 들어가 점검할까요. 다시 톡을 보냈지만, 답이 없었다. 스무 개가 넘는 방을 이 방 저 방 아래위층 혼자 뛰어다니느라 정신없이 바빴다. 호주머니에 들어 있는 마스터키를 문에 갖다 대기만 하면 열릴 텐데, 주인 허락 없이 들어갔다가는 무슨 봉변을 당할지 모르는 일이었다. 어쩔 수 없이 201호는 에어컨 점검을 받지 못했다.

그날 오후에 남자 친구가 시동을 걸어 놓은 채 차를 닦으며 강솔을 기다리는 듯했다. 야구 모자를 쓰고 데님 바지에 셔츠를 입은 꼴이 나이보다 어려 보이기 위해 애쓴 티가 역력했다. 나는 외제 스포츠카를 타는 놈이 강솔과 사귀는 것 자체가 이해되지 않았다. 사기꾼이나 유부남이 아닐까, 속으로 생각했다. 나는 상식을 벗어나면 이상하다는 주의로 살아온 사람이었다. 잠시 후 샤넬 로고가 박힌 검은색 핸드백을 메고 원피스를 입은 강솔이 휴대폰으로 통화를 하면서 주차장에 나타났다. 하도 맵시가 좋아 나는 웬 귀부인인가 하고 깜짝 놀랐다. 이따가 전화할게 할머니, 약 꼭 챙겨 드세요, 강솔은 전화를 끊었다. 할머니한테는 싹싹하네, 생각했다.

강솔이 다가가자 남자 친구가 차 문을 열었다. 도대체 월급이 얼마인데 천만 원을 호가하는 핸드백을 들고 다닐까. 작은 원룸에 월세 살면서 저런 고급 차를 타고 명품 핸드백 들고 다니다니. 나라면 그 돈을 모아서 전셋집이라도 얻는 데 보탤 텐데.

나는 사치하는 꼴을 보면 힘들었다. 우리 세입자들이 집주인인 나보다 더 좋은 차를 몰고 다니고 비싼 과일도 척척 마음껏 사 먹는 걸 보니까 배알이 꼴려 욕이 나왔다. 염병, 지는 손이 없나 발이 없나, 차 문도 못 열어.

강솔과 남자 친구가 차를 타고 떠난 장면에서 빠져나오자 십 년 넘게 탄 덕만의 낡은 소나타에 눈길이 갔

다. 형편이 웬만하면 전기차로 바꿔 줘야겠다고 생각
했다. 덕만은 종이류 재활용품 분리수거함에서 스티
로폼 박스를 꺼냈다. 이거를 왜 여기다가 넣는지 이해
를 못 하겠네, 투덜거렸다. 음식물 쓰레기통 밑으로 엄
지만 한 바퀴벌레가 쓱 지나갔다. 그걸 본 덕만이 바퀴
벌레! 하며 질겁하고 피했다. 나는 개선장군처럼 나서
서 바퀴벌레를 밟아 죽였다. 이까짓 바퀴벌레가 뭐가
무섭다고. 나는 당신이 더 무서워!

　방에 바퀴벌레가 있어요. 바퀴벌레가 제일 무서워요.
강솔은 방을 뺀다면서도 후들후들 떠는 이모티콘과
함께 톡을 보내왔다. 바퀴벌레가 있다는 방은 없었어
요. 우리 집에도 없어요. 인터넷 뉴스에 외부 택배 상
자나 배달 음식 통 같은 데서 바퀴벌레 알이 묻어올
수 있다고 하더라고요. 바퀴벌레 약을 붙여 보세요.
톡을 날렸다. 주인이 소독을 해 줘야죠ㄱㄱ.

　방을 뺄 때 빼더라도 그 전에 바퀴벌레가 다른 방
으로 옮길 수 있을지 모르고, 강솔이 나가면 새로 들어
올 세입자도 바퀴벌레 때문에 못 살겠다 할 수 있을 거
였다.

　덕만과 나는 바퀴벌레 약을 가지고 201호에 갔다.

방 안에 불을 켰다. 바퀴벌레들이 싱크대 위에서 혼비백산하여 달아났다. 싱크대 위에 햇반이며 뜯어 놓은 컵라면과 햄, 먹다 남은 초밥과 베어 먹은 사과가 놓여 있었다. 바퀴벌레가 음식에 들어갔을 것 같아 인상이 찌푸려졌다. 개수대에 그릇이 쌓여 있었다. 나는 후드 아래 타일 벽에 바퀴벌레 패치를 두 개 붙였다. 싱크대 하부 장을 열고 그 안에도 패치를 붙였다. 가구 밖으로 흰 의사 가운이 옷걸이에 걸려 있었고, 그 옆에는 감색 양복이 걸려 있었다. 양말과 바지와 티셔츠가 방바닥에 벗어 놓은 채로 널브러져 있어 걸음을 옮길 때마다 거치적거렸다. 암막 커튼이 쳐진 따뜻한 방 안은 화장품 냄새와 음식물 냄새 등 퀴퀴한 냄새에 공기가 탁했다. 오랫동안 환기를 안 했는지 결로가 생긴 창가 벽지에 곰팡이가 피어 있었다.

이 방은 바퀴벌레 천국이네. 내가 바퀴벌레라도 이렇게 먹을 것도 많고 살기 좋은 집에서 새끼 퍼뜨리며 살고 싶겠네.

우리 어릴 때는 바퀴벌레가 부자 벌레라고 했어, 집에 바퀴벌레 있으면 부자 된다고 했다니까.

그럼, 부자 되게 잡아다 키우소.

나는 타일 벽에 기어가는 바퀴벌레를 손바닥으로 잽싸게 탁 때려잡았다. 내장이 묻은 손바닥을 싱크대 물로 씻었다. 억척스레 살다 보니 개미 한 마리도 못 죽이던 내가 어느새 독해져 칼로 닭의 배를 가르고 손에 피를 묻혔다.

　진짜, 옆집 바퀴벌레를 잡아서 우리 집에 갖고 왔다니까.

　화장실에 들어간 덕만이, 이리 더러운 데서 어떻게 샤워했을까 구시렁거리는 소리가 들렸다. 나는 문이 열린 화장실을 들여다보았다. 세면대의 흰 실리콘과 바닥 타일 줄눈에 곰팡이가 피었다. 샤워실에는 긴 머리카락이 배수구를 막고 있었다. 덕만이 물을 틀어 솔로 화장실 청소를 하기 시작했다. 락스 갖고 와. 덕만이 고개를 내 쪽으로 돌리며 말했다. 세입자 화장실 청소까지 하는 덕만에게 짜증이 났다. 결국 불똥이 내게도 튀었다. 집에 가서 청소 장비를 갖고 왔다. 나도 일손을 거들었다. 하, 이렇게 해 놓고 살면서 청소하겠다고 큰소리를 쳐. 아가씨가 간도 크시네.

　마트가 오 분 거리에 있지만 강솔이 언제 방에 들어와 보고 갔는지 바퀴벌레 패치가 붙은 사진을 찍어서 문자와 함께 보내왔다. 패치를 붙이면 어떡해요? 방역 소독을 해야죠. 미쳤네! 소독 업체를 부르면 비용이 얼만데. 비용은 누가 부담하고. 월세는 적게 내면서 오피스텔이나 고급 아파트에 사는 수준을 바라니. 어이가 없어서 나도 모르게 혼잣말을 중얼거렸다. 강솔은 화장실 청소를 해 줘서 고맙다는 말은 입을 싹 닦았다. 그럼에도 월세를 받아먹고 살아야 하니까 강솔을 다독거리는 문자를 보냈다. 일단 패치를 붙여 보자구요. 환기도 자주 시키고 깨끗하게 하면 바퀴벌레가 없어질 거예요.

강솔의 방에 붙이고 남은 바퀴벌레 약을 분리수거함 바닥과 음식물 쓰레기통 주위에 붙였다. 기어이 방역 소독을 해 달라면 어떻게 대처할까 궁리하며 강솔의 카톡을 기다리는데 마침 전화가 왔다.

남자 친구가 보증금 달라고 전화 안 왔어요?

안 왔는데…… 저희는 계약자 이외는 보증금 안 줍니다.

남자 친구 전화 오면 저한테 연락해 주세요.

보증금 언…… 제…… 말하는데 강솔은 제 말만 하고 전화를 뚝 끊었다. SNS를 열었다. 남자 친구와 함께

한 강솔의 스토리가 전부 지워졌다.

방역 소독을 해 달라는 말은 안 해서 다행이지만, 뜬금없이 남자 친구가 내게 전화할 이유가 있을까. 둘 사이에 뭔 일이 있나? 이상했다.

그거 놔두고 여기 와 이것 좀 잡으소.

분리수거를 하던 덕만이 공병이 담긴 비닐봉지를 가리켰다.

나는 비닐봉지 모서리를 잡았다.

어디 잡고 있어! 여기 잡으라니까! 밖으로 다 새잖아.

내 앞으로 작은 공병 몇 개가 떨어져 있었다. 덕만은 그것을 주워 담고 봉지 입을 묶어서 한쪽에 놓았다. 스티커가 붙어 있지 않은 201호 음식물 통이 놓여 있었다. 강솔은 스티커 붙이는 것도 아까워서 나더러 붙이라는 건가. 음식물 통을 열었다. 초밥, 베어 먹다 버린 빵, 치킨과 피자, 한 입 베어 먹다 만 주먹만 한 복숭아까지 통이 넘칠 지경이었다. 올해는 복숭아가 비싸다고 했는데 강솔은 비싼 복숭아도 척척 사 먹고 사는구나, 생각했다. 세입자들이 이사 가면서 버린 옴팍한 새 그릇에 빗물이 고여 있었다. 나는 멀쩡한 바지를 큰 비닐봉지에 담으며 말했다. 어째 요즈음 사람들은 아까운 줄 몰라. 무거운 것은 잘도 버리면서 가벼운 신사 임당 지폐 한 장은 안 버릴까, 다 돈인데. 덕만이 허리를 펴고 허허 웃었다.

남들 눈에는 건물주라고 살 만하게 보일지 모르지만 내 생활은 빛 좋은 개살구다. 건물을 지을 때 은행에서 받은 대출금 이자가 가파르게 올라 그새 두 배가 뛰었다. 정부에서 싼 이자로 대출을 해 준다며 꼬실 때 덥석 물은 게 탕후루 같은 달달한 쥐약일 줄이야. 임대료를 받아서 달마다 대출금 이자 갚기도 버거웠다. 은행에 월세를 내며 사는 꼴이었다. 대출금을 갚고 오로지 내 집이 되려면 절약이 미덕이다, 생각하며 살 수밖에 없었다. 생필품도 가성비를 따져 가며 할인 판매 때 사야 했다.

저녁 늦게 마트에 갔다. 타임 세일을 한다는 방송이 흘러나왔다. 유제품 코너에서 우유를 사고 타임 세일 하는 데로 갔다. 식품 코너에서 샐러드를 손에 든 강솔을 만났다. 한창 물올라 얼굴이 피어야 할 사람이 풀이 팍 죽어 표정이 어두워 보였다. 얼굴이 야위어서 반쪽이었다. 결혼 준비하느라 신경을 써서 그럴까. 강솔은 초밥 판매대로 갔다. 나는 강솔이 고르던 샐러드를 살펴보았다. 삼십 퍼센트 할인해 판매하는 마지막 떨이 제품이었다. 샐러드의 채소가 시든 것 같았다. 나는 샐러드를 제자리에 두었다. 강솔은 초밥 판매대에서 생선 초밥을 카트에 담았다. ……할머니 괜찮다니까 제가 알아서 하니까 걱정 안 하셔도 돼요…… 통화하는 소리가 들렸다. 내가 초밥 판매대로 갔을 때 강솔은 보이지 않았다. 연어와 새우와 광어회가 든 초밥이 있었다. 포장에 든 초밥이 먹음직스럽게 보였지만, 더블 할인하는 상품이었다. 오늘을 넘기면 상할 것 같았다. 상하기 일보 직전의 초밥을 먹느니 두부를 샀다. 마트 뒤편 폐기물 박스에서 강솔이 뭔가를 뒤적이고 있었다. 빵 봉지와 치킨 상자를 집어 올렸다. 배추 한 포기도 꺼냈다. 그것들을 양손에 들고 주차장 쪽으로 사라졌다. 그녀의 음식물 쓰레기통에 버려진 것들은 마지막 떨이 상품이나 폐기될 음식물이었을까. 강솔이 나에게는 야박하게 굴어도 제가 먹고 치장하는 것은 잘하는 줄 알았다. 알고 보니 자신에게도 꼼꼼한 모양이었다.

내가 장을 보는 사이에 덕만이 경찰에서 전화가 왔다고 했다. 신고가 들어왔다며 그 남자 친구에게 피해 본 게 있냐며 묻더라고 했다. 그놈이 그 아가씨의 보험 대출을 받고 카드까지 쓴 모양이더라고 말했다. 그런 나쁜 놈이 어딨느냐고 나는 방방 뛰었다. 흥분을 가라앉히고 생각해 보니 감이 잡혔다. 샤넬 핸드백은 미끼였는지 모른다.

한밤중 203호에 사는 남학생이 전화가 왔다. 웬 여자가 203호 문 앞에서 자고 있다고. 또 어느 세입자가 골치 아프게 애를 먹이나, 하고 자다가 일어나 덕만을 깨웠다. 이 층으로 내려갔다. 강솔이 203호 문 앞에 퍼질러 앉아서 졸고 있었다. 술 냄새가 역하게 났다. 강솔 씨, 강솔 씨 여기서 자고 있으면 어떡해요! 눈을 뜬 강솔이 나를 쳐다보았다. 문이 안 열려서…… 강솔이 일어나 203호 키에 번호를 눌렀다. 여기는 남의 집이잖아요. 아, 예, 강솔이 비틀거리며 201호로 걸어갔다. 번호를 누르자 키에서 삐삐 소리가 나고 문이 열리지 않았다. 배터리가 다 된 모양이네, 덕만이 말했다. 나는 집으로 가서 마스터키를 가져와 문을 열어 주었다. 문이 열리자, 강솔은 감사합니다, 구십 도로 허리를 숙여 인사하며 방으로 들어갔다. 술 취해서 한 말이라도 감사하다는 말을 들으니 기분이 좋았다.

201호 앞에 70대 후반쯤의 할머니가 키 번호를 누르다 다시 초인종을 누르고는 복도를 어슬렁거렸다. 계단으로 집에 오다가 그 모습을 보았다. 나는 수상해서 물었다.

할머니 여기서 뭐 하세요! 누구 찾아오셨어요?

손녀.

할머니는 반으로 접은 전단을 내밀었다. 전단 뒤에 주소와 이름, 전화번호가 적혀 있었다.

제가 이 빌라 주인인데요, 손녀 이름이 뭐예요?

나는 확인차 물었다.

강솔. 마트에 다닌다고…….

손녀한테 전화해 보셨어요?

여러 번 전화했는디 안 받아.

나는 강솔에게 전화했다. 역시 받지 않았다.

키 비밀번호 안 가르쳐 줬어요?

123…… 뭐라고 했는디 아무리 눌러 봐도 안 열려라우. 번호를 잊어버렸나?

나는 할머니가 진짜 강솔의 할머니인지 약간 의심스러웠다. 휴대폰에 저장된 강솔의 내역을 찾았다. 비상 연락처로 할머니 전화번호가 있었다. 그 번호를 눌렀다. 손에 든 가방에서 전화벨 소리가 울리자, 할머니는 얼굴이 환해지며 냉큼 전화를 받았다. 제가 전화한 거예요. 할머니는 실망했는지 혀를 찼다. 나는 마스터키로 201호 문을 열어 줄까 생각했다. 주인 허락 없이 그랬다간 강솔의 성미에 뭐라고 걸고넘어질지 모르는 일. 주거 침입으로 경찰에 신고할 수도 있다는 생각이 들었다. 복도 창에 비친 저녁놀이 빌딩 숲으로 넘어가고 있었다. 바람이 찼다. 여섯 시가 넘었는지 배꼽시계가 밥 달라고 아우성쳤다.

할머니 일단 우리 집으로 가요. 집에 아무도 없으니 괜찮아요. 할머니는 허리를 숙여 보따리를 집어 들었다. 여기 놔둬도 아무도 안 가져가요. 나는 할머니를 오층으로 데리고 와 식탁에 앉혔다. 냉장고에서 고사리나물과 김치를 꺼내 밥을 대충 차렸다. 할머니 식사하세요. 식사 중에도 할머니는 식탁 위에 올려놓은 휴대폰에 연신 눈길을 줬다. 근무 중에는 전화를 못 받을 수 있어요, 할머니가 고개를 끄덕였다. 댁이 어디예요? 나는 할머니의 긴장을 풀어 드리기 위해 사는 곳을 물었다. 신안 도초. 아침에 배 타고 버스 타고 왔제. 내가 밥을 반 공기 먹었을 즈음 할머니는 밥과 국을 뚝딱 비웠다.

후식으로 포도를 접시에 담아 거실로 갔다. 고맙소
잉. 주인이 이리 친절하니 솔이가 좋은 집에 살구만이
라. 할머니가 소파에 앉아 오물오물 포도를 먹으며 말
했다. 시집간다고 남자를 데리고 온다더니 소식이 없
길래 기다리다 내가 왔소. 솔이 초등학교 다닐 때 부
모가 이혼하고는 섬에서 나하고 둘이 살았지라. 솔이
가 손끝이 얼매나 야무진지, 할매 일 거들어 준담시로
조막손으로 청소하고 빨래하고, 꼬막 캐고 파래 따고
그랬당게. 어린 것이 낙지 구녕도 귀신같이 잘 찾았어
라…… 손녀 자랑에 발동이 걸린 할머니 이야기는 끝
이 없었다. 강솔은 내가 보던 것과 달리 성실하고 착한
모양이었다.

티브이를 틀었다. 드라마를 보던 할머니는 피곤한
지 자울자울 졸다가 잠이 들었다. 아홉 시 뉴스 시간이
었다. 무슨 일이세요. 강솔에게서 톡이 왔다. 강솔 씨
할머니가 오셨는데 우리 집에 계셔요./ 문 열고 들어가
시라고 비밀번호 가르쳐 드렸어요./ 비밀번호를 잊어
버렸는지 안 열린다고 하네요. 할머니 우리 집에서 주
무세요. 걱정하지 말고 일 끝나면 오세요. 마트는 열 시
에 문을 닫을 거였다.

딩동 소리가 났다. 현관문을 열었다. 할머니! 강솔이 거실로 뛰어들었다. 소파에 누워 있던 할머니가 몸을 일으켰다. 강솔이 할머니를 꼭 껴안았다. 손바닥에 피가 밴 걸 본 할머니는 아가 손에 피, 강솔의 손을 부여잡았다. 뛰어오다가 넘어졌어. 바지 무릎에도 허연 시멘트가 묻어 있었다. 나는 안방에서 마데카솔 연고를 가져와 강솔의 상처에 발라 주었다. 할머니와 강솔은 연신 고맙다며 인사하고 내려갔다.

잠시 후 열린 현관문으로 옥신각신 소란스러운 소리가 아래층에서 올라왔다. 이게 할머니한테나 귀하지, 누구한테나 귀한가? 갖다줘 봐랑게.

다음 날 강솔이 현관 앞에 서서 돔 세 마리를 뻘쭘 내밀었다.

할머니가 가져다드리라고 해서…….

아이고 이 귀한 걸, 할머니한테 잘 먹겠다고 하셔요. 나는 얼른 받았다.

저녁에 돔을 굽고, 색색의 고명을 얹어 돔찜도 만들었다. 강솔이 퇴근하고 집에 있을 시간에 따뜻한 밥과 생김치와 돔구이와 돔찜 한 토막씩을 쟁반에 담았다. 근래 강솔은 밥을 안 해 먹는지 음식물 쓰레기통이 비어 있었다. 대꼬챙이처럼 말라서 반쪽이 된 얼굴이 생각났다.

할머니가 제 몫의 먹거리를 갖고 왔겠지만, 세상에서 제일 맛있는 음식은 남이 해 주는 거라고 했으니, 201호로 내려갔다. 벨을 눌렀다. 강솔이 문을 열고 어색하게 서 있었다. 나는 안으로 들어가 식탁 위에 쟁반을 내려놓았다. 저녁 안 먹었죠. 입에 맞으려나? 강솔이 돔찜을 내려다보았다. 할머니도 내 생일이면 이렇게 예쁘게 고명을 얹어서 찜을 만들어 주었는데…… 강솔의 눈에 눈물이 그렁그렁했다. 한술 떠 봐요. 나는 숟가락을 쥐여 주었다. 생선을 발라 밥에 얹어 주었다.

부자들은 이런 거 안 먹을 줄 알았어요. 사모님도요.

나는 없어서 못 먹고 비싸서 못 먹고 안 줘서 못 먹어요. 버리려면 우리 냉장고에 버려요.

강솔은 피식 웃었다. 그 친구 생각이 나네요. 고등학교 때 말을 더듬는 단짝 친구가 있었어요. 우연히 볼펜 때문에 가까워졌는데 그 애 부모는 부부 의사이며 교회 장로였단다. 친절한 부모는 가족이 외식할 때 가끔 강솔을 초대하곤 했다. 단란하고 여유로운 가정에서 사는 친구가 부러웠다고 했다. 친구 부모님께 고맙다며 할머니가 손수 캔 꼬막과 말린 생선을 택배로 부쳐 드렸어요. 친구의 부모님은 잘 먹겠다면서 할머니 드리라고 과일 바구니를 줬어요. 그런데 할머니가 드린 것들이 쓰레기통에 버려진 걸 보았어요.

너무했다. 강솔 씨 되게 속상했겠네. 남의 성의를 무시하고. 할머니가 힘들게 마련한 것을.

그 친구는 유학 간 나라에서 의사를 만나 결혼했대요. 나도 의사랑 결혼해서 잘 살고 싶었어요!

그렁그렁 맺혔던 눈물이 결국 접시 위로 톡 떨어졌다. 강솔이 손으로 눈물을 훔쳤다. 다크서클이 져 있었고, 잠을 못 잤는지 눈이 충혈되어 있었다. 나는 강솔이 무안할까 봐 모르는 척했다. 고개를 돌려 방 안을 훔쳐보았다. 의사 가운이 보이지 않았다. 침대 위에 나란히 두 개 있던 베개가 하나만 놓여 있었다. 남자 친구와 찍은 사진도 보이지 않았다.

남자 친구랑…… 문제…… 있어……

작은 소리로 중얼거린 내 말을 못 들었는지 듣고도 안 들은 척하는지 강솔은 아무 말이 없었다. 내가 말해 줄걸, 그랬나? 그 남자 조심하라고, 의사 아닌 것 같다고. 돈은 얼마나 뜯겼을까 생각했다.

강솔은 팔짱을 끼고 고개를 돌렸다. 창을 쳐다보며 생각에 잠긴 듯했다. 나는 강솔의 얼굴을 찬찬히 뜯어 봤다. 다문 입매가 약간 차갑게 보이기는 하지만, 하얀 얼굴에 도자기 피부, 긴 목선까지 어디 한 군데 미운 데가 없었다. 힘들게 살아왔겠지만, 겉으로는 전혀 티가 나지 않았다. 의사 부인이라도 손색없을 만큼 귀티가 흘렀다. 지금은 얼굴이 안 좋은 상태라는 걸 참작하더라도 내가 반할 만큼 예쁜데, 그 남자 친구는 한눈에 뿅 가지 않았을까. 더구나 야무지기까지 하니까. 침묵이 이어지니 분위기가 어색했다. 자리를 비켜 줘야겠다고 생각하고 일어섰다.

저, 죄송해요. 이사 안 가게 되었어요.

고장 난 싱크대 하부 장 문짝이 눈에 들어왔다. 지난번에 왔을 때는 괜찮았는데 언제 고장이 났을까. 문짝 고쳐 줄게요, 나는 강솔의 방에서 나왔다.

경호 오빠가 왔다

*

수영장을 가려는데 이른 아침부터 또 전화가 왔다. 전기 레인지가 안 돼요. 이번엔 짜증이 났다. 진짜 귀찮고 성가신 세입자라는 생각이 들었다. 가서 확인해 드리겠습니다. 502호 벨을 눌렀다. 키가 190센티쯤 되는 남자가 현관문 앞에 서서 나를 보더니, 눈을 크게 뜨고 한 발 뒤로 물러섰다. 다시 내 얼굴을 뚫어지게 쳐다보았다. 나는 민망해 시선을 돌렸다. 늙어도 예쁜 여자는 금방 알아보네, 눈은 높아서…… 속으로 구시렁거렸다. 거대한 장승이 현관문을 가로막고 있는 것 같아 방으로 들어가기 불편했다. 전기 레인지…… 확인……

아, 예, 그제야 그는 비켜섰다. 나는 싱크대의 전기 레인지 레버를 돌렸다. 불이 켜지지 않았다. 허리를 숙이고 싱크대 상판 아래 스위치를 살폈다. 그가 등 뒤에서 나를 주시하는 느낌이 들었다. 만일 뒤에서 나를 확 껴안는다면…… 등 뒤의 뜨거운 느낌에 긴장되었다. 스위치가 빠졌네요. 콘센트에 스위치를 꽂았다. 스위치 확인도 안 하고 고장 났다며 무조건 안 된다니, 경험으로 짐작건대 방을 뺄 때까지 여러 문제로 성가시게 할 세입자일 것 같았다. 일어서서 자세를 바로 하고 옷매무새를 다듬었다. 다시 전기 레인지 레버를 돌렸다. 열기가 올라왔다. 이상 없으니 이대로 쓰시면 됩니다. 돌아서려는데, 이거 하나 드세요. 그가 냉장고에서 비타민 음료수를 꺼내어 내밀었다. 이건 또 뭐야? 그냥 나가려다, 당신이 무슨 짓을 한다면 나도 만만치 않게 방어할 수 있어, 여유 있고 침착한 척하며 음료수를 마셨다. 그는 여전히 나를 주시하며 고개를 갸웃거렸다.

혹시 마산에 살지 않았어요?

그런데요?

뭔 개뼈다귀 같은 소리인가.

혹시, 순영이?

네에? 제 이름을 어떻게 알고?

계약할 때 덕만에게 들었을까. 이 양반은 마누라 이름을 천지 사방에 떠벌리고 다니나?

내가 수영장을 간 사이에 덕만이 502호를 계약했다고 들었다. 일 층 와인 바 바깥에 놓인 테이블에서 커피를 마시던 중년 남자 중 한 사람이 담배꽁초를 쓸어 담는 덕만에게 건물 주인이시냐, 방이 있느냐? 물었다. 빈방이 하나 있습니다, 덕만이 대답했다. 미국 LA에 사는데 치아를 치료하러 잠시 들어왔으며, 이 동네에서 원룸을 얻으려 한다, 중년 남자는 말했다. 우르르 몰려가 502호를 둘러보았다.

그는 훤칠한 키에 운동으로 다져진 듯한 몸, 깨끗이 면도한 수염, 희고 윤기 있는 피부, 커피 한잔을 여유 있게 마신 사람처럼 표정이 편안해 보였다. 숱이 풍성한 은회색 머리는 잘 다듬어져 있었고, 줄무늬 티셔츠에 데님 반바지를 입어 젊어 보였다. 어딘지 모르게 이국적인 느낌을 풍겼다.

S여고 뒤 하늘색 대문 집…… 아버지가 선생이고…… 오빠가 둘이고, 대문에 줄장미가 피고…….

우리 가족을 대충 설명하는 그의 말투에 경상도 억

양이 물었다.

나야 나. 아랫방에 살던…… 모르겠어요? 기억 안 나?

지금은 도시의 지명도 사라지고, 도로 확장으로 사라진, 고향 집 아랫방. 작은 방 하나에 부엌이 딸린 방, 그 방에 세 들어 살던 사람들을 떠올려 보았다. 개똥이네, 젊은 신혼부부, 그리고 먼 일가 친척뻘인 할머니가 고등학생과 중학생 손자 둘의 밥을 해 주고 있었다.

나는 그의 얼굴을 다시 유심히 쳐다보았다. 불규칙한 앞니, 눈썹 머리의 검은 점, 긴 얼굴이 그 오빠 같기도 하고 아닌 것 같기도 했다. 에라 모르겠다, 감으로 찍었다.

혹시, 경호 오빠?

나는 살짝 미소를 지었다. 허나, 내 앞에 선 사람은 내가 기억하는 경호 오빠 모습이 아니라 낯선 중년의 남자였다. 만약 길에서 만났으면 알아보지 못하고 그냥 지나쳤을 것이다. 기억 속 그는 고등학생이었고, 나는 초등학교 오륙 학년이었을 것이다. 토요일 오후 학교가 파하면 그는 교복을 입고 고향인 의령에 내려가 자루에 쌀과 반찬, 고구마나 감자 등을 어깨에 메고 왔다. 가을이면 논에서 잡은 메뚜기를 풀에 꿰어 갖고 오기도 했다. 엄마는 그의 할머니가 준 메뚜기를 볶아서 도시락 반찬을 만들었다. 나는 간장에 조린 메뚜기볶음을 좋아했는데, 지금도 고소한 메뚜기볶음 냄새가 나는 것 같다. 그는 엽총으로 잡은 참새를 연탄불에 구워 내 입에 넣어 주다가 손가락이 물린 적도 있었다. 여동생처럼 나를 귀여워했고 나도 친오빠처럼 따랐다. 그가 대학에 들어가자 할머니는 고향으로 갔고, 그의 동생은 하숙한다며 집을 옮겼다.

너, 옆집 개가 무섭다고 골목에서 울고 있을 때 내가 손잡고 데리고 왔잖아, 기억나?

그때 그가 말했다. 순영아, 왕 눈깔사탕맨치로 눈을 크게 떠가 개 눈을 딱 째리봐라! 개캉 기싸움해서 지모 안 된데이, 니가 무서바하모 개는 시피보고 더 짖는다 알아 묵것나!

그 말이 떠오르자 경호 오빠가 맞는 것 같았다. 왕 눈깔사탕만 하게 눈을 뜨고 개 눈을 딱 째려봐라! 일러준 사람은 경호 오빠였다. 나는 개만 무서운 게 아니었다. 개를 향해 짱돌을 주워 던지는 경호 오빠도 무서웠다. 그런데 나는 지금 개를 무서워하기는커녕 반려견과 살고 있지 않은가.

이게 얼마 만이야?

나는 멋쩍어서 웃었다. 경호 오빠를 마지막으로 만난 것이 1979년 10월인가? 어떻게 연락이 닿아 부산에서 그를 만나게 된 것인지는 기억이 나지 않는다. 그러니까 부마 항쟁 때였다. 그는 군대 갔다 와서 복학을 준비하는 부산대학교 공대생이었고, 나는 부산에서 학원 다니는 재수생이었다. 우리는 서면 로터리에 있는 다방에서 만났다. 그는 서정주의 시와 하인리히 뵐의 『그리고 아무 말도 하지 않았다』, 그리고 칸트에 관해 이야기했다. 나는 지루해서 귀를 후볐다. 공돌이 주제에 뭔 말라비틀어진 문학과 철학 이야기인가 했다. 오빠야 문학이 밥 맥여 주나? 개똥철학이 밥 맥여 주나? 그런 거 하는 사람치고 잘사는 사람을 못 봤다. 고마 치앗 뿌라. 내 관심은 그 당시 핫한 고교 야구였다. 부산상고하고 진흥고교가 붙으면 어느 팀이 이길 것 같노? 내 꿈은 진흥고 야구부를 만나러 광주에 가는 기다. 오빠야 같이 안 가끼가? 다방에서 나오니 시내가 어수선했다. 대학생들이 〈선구자〉를 부르며 시위를 하고 있었다. 우리는 시위대를 피해 극장으로 들어갔다. 영화를 보고 남포동에서 회 비빔국수를 먹었다. 클럽에 들어가 술을 마시고 춤을 추고 나오니 통금이 가까웠다. 버스가 끊겨서 할 수 없이 근처 여관으로 들어갔다. 경호 오빠를 친오빠같이 믿어서, 여관에서 또 술을 마시고 엉망으로 취했다. 예전처럼 뽀뽀나 한번 해 보자, 경호 오빠가 살짝 입을 맞추었다. 그라모, 배가 있어야제. 세상에서 제일 예쁜 배를 보여 주께, 나는 브래지어를 풀고 가슴을 내밀었다. 내 몸 중에서 제일 예쁜 게 가슴인데 얼굴이나 팔다리처럼 드러내 놓지 못하고 옷 속에 꼭꼭 감추어야 하는 게 늘 불만이었다. 돌발적인 내 행동에 그는 깜짝 놀란 표정이었다. 실제로 본 배 중에서 이기다, 엄지를 세웠다. 옷 입어라, 고마 자자, 하며 이부자리를 깔아 주었다. 나는 벽에 기대어 앉아 횡설수설 지껄이다 방바닥으로 고꾸라졌다. 그 뒤의 일은 필름이 끊어졌는지 기억이 나지 않는다. 아침에 일어나 정신을 차리니 기분이 영 찝찝했다. 돌이킬 수 없는 강을 건넌 게 아닐까 잠시 의심했으나 설마? 오빤데? 아닐 거라 믿었다. 그는 반대 방향에서 웃통을 벗은 채 엎드려 자고 있었다. 커튼 사이 햇살이 등허리의 엄지만 한 검은 점에 빗금을 그었다. 아침에 일어난 그는 태연했다.

오후에 성지곡 수원지에 가기 위해 버스 정류장으로 향했다. 유신 정권 물러가라! 구호를 외치는 소리가 들렸다. 시민들이 합세한 시위대는 어제보다 더 많아졌고 극렬했다. 경찰이 최루탄을 쏘았다. 최루탄에 눈물 콧물 재채기가 쏟아졌다. 그는 내 손을 꼭 잡고 골목으로 들어갔다. 골목 끝에서 다시 큰길로 나오자 시위대가 보였다. 교련복을 입은 학생이 한쪽에 쪼그려 앉아 머리를 손으로 감싸고 있었다. 손가락에 묻은 피가 가을 햇볕에 더욱 붉었다. 내 손을 잡고 있던 그의 손이 스르륵 빠져나갔다. 그가 잡고 있던 내 손을 슬그머니 놓았을까. 내가 그의 손을 놓쳤을까. 경호 오빠! 오빠야아─ 소리쳐 불렀다. 그의 뒤통수만 보였다. 손쓸 새 없이 그는 거대한 시위대의 파도에 휩쓸려 떠내려가고 있었다. 뒤이어 진압 경찰이 시위대를 쫓았다. 나는 의상실 앞에 서 있다가 안으로 피신했다. 시위대와 진압 경찰이 물러간 다음 혼자 터덜터덜 집으로 갔다. 그길로 연락이 끊겼고, 그를 다시 만나지 못했다. 내 손안에 있던 소중한 것이 빠져나간 허전함에 며칠 동안 빈 손바닥을 쳐다보며 앓았다. 그 후로 나는 여간해서 누구와도 손을 잡지 않는다.

어디서도 경호 오빠를 만나지 못했다. 대학 졸업 후 그는 마산 수출 자유 지역의 일본계 조선 회사에 취직하고 몇 년 지나 결혼했고, 그 회사를 그만두고 배 만드는 회사를 차렸다는 소식을 엄마를 통해 들었으나, 미국에 이민을 간 줄은 몰랐다.

반갑다, 세상 좁다, 네가 여기서 살 줄은 몰랐네, 뻔한 인사말을 나누는 사이 현관문 키 번호 누르는 소리가 들렸다. 외출한 덕만이 돌아온 모양이었다. 나는 502호에서 나왔다.

새벽 두 시가 넘어도 잠이 오지 않았다. 뒤척이다 삐걱거리는 침대 프레임 소리가 내 옆 방인 502호에 들릴까 봐 반듯이 누워 움직이지 않았다. 전화벨 소리도 무음으로 바꿨다. 책을 읽어도 내용이 머리에 들어오지 않았다. 경호 오빠는 내가 여기에 사는 줄 어떻게 알았을까. 나를 못 잊어서 찾아왔나? 마음이 싱숭생숭 달떴다. 오줌이 마려웠다. 내 방 화장실을 사용한다면 변기 물 내리는 소리가 502호에 들릴 것이다. 나는 일어나 발뒤꿈치를 들고 거실 화장실로 갔다.

경호 오빠에게 금실 좋은 부부로 보이고 싶었다. 예전과 다르게, 여봉, 이것 좀 해 주세용, 코맹맹이 소리로 덕만에게 애교를 떨며, 경호 오빠가 들을 수 있도록 내 방에서 말했다. 하루는 덕만이 내 이마를 짚으며 말했다. 요새 어데 아푸나? 안 하던 코맹맹이 소리를 하니까 막 소름이 돋고…… 당신이 무섭다! 그 말을 들으니 성질이 확 올라왔다. 내 딴에는 잘해 보려고 애를 쓰는데 초를 쳐도 유분수지. 방문을 살며시 닫고 거실로 나갔다. 손가락을 까딱이며 덕만을 내 방에서 멀리 떨어진 거실 창가로 불렀다. 야! 김덕만! 방금 뭐라고 했어! 소리를 질렀다. 덕만이 실실 웃으며 말했다. 그러면 그렇지, 그게 김순영 본모습이라니까. 사람이 안 하던 짓을 하면 죽는다 이 사람아. 나는 흰자위 칠십 퍼센트 검은자위 삼십 퍼센트로 덕만에게 눈을 흘겼다. 그나저나 우리 관계에 대해선 덕만이 몰랐으면, 임차인과 임대인의 관계로 있다가 조용히 돌아갔으면 했다.

주차장에서 경호 오빠를 만났다. 임플란트하기 위해 잇몸 수술을 했다고 말했다. 마취가 덜 풀렸는지 말이 어눌했다. 얼굴이 퉁퉁 붓고 한쪽 입이 비틀어져 있었다. 부은 오른쪽 얼굴과 왼쪽 얼굴이 확연히 달랐다. 뭔 그따위 의사가 다 있어! 친구가 소개해 준 병원이라 그러면 더 신경 써야 할 거 아니야. 주사가 아프면 아프다고 말을 해야지. 말도 없이 찌르면 되냐고! 간호사도 그래. 무조건 이빨을 빼래. 이빨을 살려서 치료할 생각은 안 하고 말이야. 그래서 정중히 물었지. 왜 멀쩡한 이빨을 빼야 합니까? 흔들리니까 빼야 한다. 안 흔들립니다. 괜찮다고 하니까. 이번에는 간호사와 의사가 합동으로 엑스레이 사진상으로는 이빨이 흔들린다고 빼라는 거야. 어금니를 다 빼면 어떻게 밥을 먹습니까? 물으니 앞니로 먹으래. 그게 의사가 할 말이야. 친절해야지.

만일 그와 결혼했다면 대충 넘어가는 법 없이 꼬치꼬치 따지니 나는 머리가 아파서 두통약을 달고 살지 몰랐다. 대머리에 키가 짜리몽땅한 덕만이 돈은 없지만, 미국 영주권도 없지만, 그래도 내가 큰소리 뻥뻥 치며 마음 편히 사니 경호 오빠와 결혼한 것보다 훨씬 낫지, 싶었다. 그날 함께 밤을 보냈기 때문에 그와 결혼해야 하지 않을까 생각한 적도 있었다. 그러지 않기를 참 잘했다는 생각이 들었다. 그런데도 얼굴이 통통 부은 그의 모습을 보니 무척 아플 것 같아 안쓰러웠다. 밥도 제대로 못 먹고 굶고 있는 건 아닐까.

야채죽을 끓이고 김치는 잘게 잘라서 나물 몇 가지와 502호 문 앞에 갖다 놓았다. 겸연쩍어 문자를 보냈다. 문 앞에 죽이 있으니 드세요. 부담을 주고 싶지 않아 가까운 죽집에서 샀다고 거짓말을 했다. 잠시 후 답장이 왔다. 이러지 않아도 되는데 아무튼 잘 먹을게. 다음 날 문 앞에 큰 수박이 놓여 있었다. 죽 잘 먹었다, 수박 꼭지에 메모가 붙어 있었다.

수박을 보니 어릴 적 대문 옆에 있던 배나무에서 작은 수박만 한 배를 몰래 따 먹었던 기억이 났다. 식구들은 모두 잠들었는데, 혼자 늦은 밤까지 시험공부 하느라 배가 고팠다. 배나무의 잘 익은 배가 생각났다. 상큼하고 달달한 과즙 맛을 생각하자 침이 꼴딱 넘어갔다. 마당으로 나오니 경호 오빠가 줄넘기하고 있었다. 송편 같은 달이 배나무 우듬지에 걸려 있었다. 팔짝 뛰어도 손이 배에 닿지 않을 터. 장대같이 키가 큰 경호 오빠가 팔을 쭉 뻗으면 너끈히 배를 딸 수 있을 거였다. 오빠야, 나는 작은 소리로 불렀다. 여동생이 없는 그는 내가 오빠야-오빠야- 애교스러운 목소리로 부르면 입이 귀에 걸리고 좋아서 사족을 못 썼다. 나는 경호 오빠를 꾀었다. 오빠야, 저 우에 있는 배 하나만 따 주모 안 잡아 묵지? 나는 키가 안 대인다. 그의 팔을 붙잡고 배나무 밑으로 데리고 갔다. 어무이한테 혼나모 우짜끼고?

154

그가 나를 바라보며 말했다. 모른다 하모 되지. 그는 주춤거렸다. 오빠야 배고파 죽것다. 나는 배를 잡고 불쌍한 표정을 지었다. 저 우에 있는 저거 억수로 잘 익었데이. 낮에 내가 봤거등. 나는 손가락으로 우듬지에 달린 큰 배를 가리켰다. 몇 개 달려 있지 않은 배는 추석 때 쓴다고 엄마가 남겨둔 거였다. 그는 까치발을 들고 팔을 쭉 뻗었다. 손이 배에 닿을락 말락 했다. 경호 오빠가 팔짝 뛰어올랐다. 그래도 실패. 나는 발밑에 뭔가 받칠 것이 있을까 주위를 살폈다. 수돗가에 숫돌이 눈에 띄었다. 오빠야 저짝에 돌삐 있네! 낮은 소리로 힘주어 말했다. 그가 단단한 숫돌을 바닥에 놓고 그 위에 올라가 팔을 뻗었다. 나는 그가 하는 양을 쳐다보며 하도 용을 썼더니 목이 아팠다. 드디어 배를 땄다. 행여 배를 땅에 떨굴까 봐 간이 조마조마했다. 오빠가 배를 내 손에 건네주었다. 식구들이 깰까 봐 우리는 배를 들고 골목으로 나갔다. 어두운 골목에 쪼그리고 앉아 오빠와 큰 배를 껍질째 한 입씩 베어 먹었다. 오빠가 내게 살짝 입을 맞추었다. 그의 입에서 달달한 배 냄새가 났다. 니는 인자 내 마술에 걸린 기다. 절대 어른들한테 말하모 안 된데이! 그라모 이기다. 그는 손으로 목을 자르는 시늉을 했다. 오빠도 내가 배 따 묵었다고 말하모 안 된데이. 그라모 이기다. 나도 경호 오빠와 똑같이 시늉했다. 성인이 되어 남자와 입맞춤할 때면 그날 밤이 떠오르곤 했다. 나는 지금껏 누구에게도 말하지 않았다. 그 당시를 톺아보면 어제 일처럼 또렷한 기억도 있고, 어느 것은 실제 내가 겪은 일인지, 지나간 영화의 한 장면인지, 읽은 소설의 에피소드인지 희미했다.

수박을 먹어서인지 화장실을 들락거리다 잠들지 못했다. 그는 자면서 이를 가는 버릇이 있는데 지금도 그럴까. 벽 너머 502호에서 영어로 말하는 소리가 들렸다. 큰 소리와 짧은 단어가 들렸다. 나는 벽 가까이 귀를 바짝 대었다. 누구와 이야기하는 걸까. 방에 다른 사람이 있을까. 전화 통화 중일까. 흐느끼는 소리인지 앓는 소리인지 묘한 소리가 들렸다. 창밖에 비는 오는데 중년 남자의 흐느낌 소리가 애잔하게 들렸다. 괜찮아 괜찮아 모두 잘될 거야, 토닥토닥 등을 두드려 주고 싶은 밤이다.

잠시 후 샤워하는 물소리가 들렸다. 샤워하는 그의 벗은 모습이 연상되었다. 단단하던 몸은 어떻게 변했을까. 부산의 여관에서 아침에 본 그의 탄력 넘치던 몸이 자꾸 떠올랐다. 그 밤 넘지 말아야 하는 선을 넘었을까. 늘 그게 궁금했고 안타까웠다. 술을 두 잔만 덜 먹을걸, 후회도 되었다. 그러나 모든 첫 경험이 아름답기만 하겠는가. 어쩌면 설레 벌레 지나가는 것이 첫 경험일지 모른다.

솔직히 그건 경호 오빠의 잘못도, 내 잘못도 아니다. 우리는 젊었고, 그냥 그렇게 되어 버린 것이다. 그냥 그렇게…….

덕만과 결혼 전까지는 그렇게 생각했다. 경호 오빠가 내 순결함을 지켜 주었다는 걸 신혼여행에서 알았다.

물속에 가라앉아 있던 온몸의 감각이 수면을 박차고 튀어 올랐다. 남편과 잠자리를 할 때면 나도 모르게 경호 오빠가 떠올랐다. 어쨌거나 남자에게 가슴을 보여 준 것도, 뽀뽀를 한 것도 그가 처음이고 단둘이 하룻밤을 보낸 남자도 그가 처음이었다. 나의 내밀함에 늘 그가 함께하고 있었다. 경호 오빠에게도 내가 그런 존재일 거라고 믿어 의심치 않는다. 어느새 잠이 들었다.

꿈속에서 이십 대의 우리는 손을 잡고 지하철을 탔다. 서울대 승차장에서 내렸다. 경호 오빠가 지하의 인파 속으로 걸어갔다. 그의 손을 놓친 나는 그가 밖으로 나갔으리라 생각하고 뒤따라 걸었다. 밖으로 나오니 경호 오빠는 보이지 않았다. 나는 그를 찾아다녔다. 상가와 시장과 노점상을 돌며 상인들에게 그를 보았느냐고 물었다. 나는 지하도를 오르내리며 몇 날 며칠 경호야! 외쳐 부르며 찾아다녔다. 땀에 절어 몸에서 냄새가 나고 목이 쉬었다. 그를 찾아다니다 지친 나는 작열하는 땡볕에서 울음이 터졌다. 코피가 터져 멈추지 않았다. 경호야! 이 나쁜 놈아! 악을 쓰며 소리를 질렀다. 그러다가 깼다. 꿈에서 깨고 나서도 서러웠다. 꿈이 현실처럼 생생했다.

한밤중 잠결에 경호 오빠 전화를 받았다. 말투에 술기운이 묻었다. 휴대전화를 확인하니 세 번이나 전화가 와 있었다. 이 시간에 만나자고? 단둘이? 인제 와서 어쩌자는 건가. 나는 남편이 있고 이혼할 생각이 없는데. 그가 어떻게 나올지 긴장되었다.

문이 안 열려서 방에 못 들어가고 있어.

예에?

김이 팍 샜다.

건전지 갈아 봤어요?

보통 임차인에게 대하듯이 말했다.

아니.

요 앞 편의점에 파워 건전지 파니까 그거 사서 도어 록에 대 보세요. 건전지가 다 돼서 그럴 수 있으니까 교체하시구요.

주인이 해 주는 거 아닌가?

소모품은 임차인이 하셔야 해요.

전화를 끊고 잠을 청하려는데 또 전화가 왔다.

이게 잘 안되네. 문이 안 열려. 와서 봐 주면 안 될까.

덕만을 보내려니 초저녁부터 술에 떡이 되어 세상 모르게 자고 있었다.

밖에서 계속 도어 록의 삐삐삐 소리가 났다. 그에게 흐트러진 모습을 보이고 싶지 않아서 옷을 갈아입고 거울을 보며 대충 손으로 머리를 만졌다. 립스틱이라도 바를까 하다가 그만두고 마스터키를 챙겨서 나갔다. 마스터키를 도어 록에 갖다 대자 열리지 않았다.

열쇠 집에 전화해야겠어요? 세 시가 다 되었는데 이 시간에 전화를 받을지 모르겠네요.

몇 번 긴 통화음이 울리다가 열쇠점 사장이 전화를 받았다.

열쇠점 사장을 기다리는 동안 경호 오빠는 복도를 서성거렸다. 예전에는 그가 나보다 공부도 잘하고 똑똑해 보여 늘 꿀리는 느낌이었다. 내가 집안이 보잘것 없어서 차 버렸을까 생각했다. 혹시 미국에서 사업이 망해서 온 게 아닐까. 그러니까 아파트나 오피스텔도 아닌, 원룸을 얻으러 온 것이지. 그렇게 생각하니 그가 찌질해 보였다.

여기 방이 몇 개야?

스무 개 넘어요. 저쪽 옆 건물도 우리 거고요…….
전세 사기나 보증금 못 받는 걱정은 붙들어 매셔도 돼요. 방세도 다른 데 비해 싸게 받아요. 저희가 오 층에 거주하니까 문제가 있으면 바로 해결해 주죠. 이 시간에 잠 안 자고 어느 임대인이 뛰어오겠어요? 우리니까 해주지. 안 그러면 방에도 못 들어가고 모텔에서 자겠죠.

나는 건물주답게 티를 내며 거드름을 피웠다.

복도 창밖 하늘에 보름달이 환했다.

순영아, 정월 대보름날 달구경 간다고 무학산에 갔던 거 생각 나? 내가 너 업고 갔잖아?

옛 추억을 끄집어내는 걸 보니 경호 오빠도 나를 마음에 품고 있었을까. 정월 대보름날 무학산에는 갔지만 나는 업혀 가지 않고 그의 팔을 붙잡고 걸어갔다. 산 중턱에서 오른쪽 운동화 밑창이 떨어져서 절뚝거리며 걸었다. 그가 업히라고 등을 내밀었다. 그즈음 나는 봉긋 올라온 젖 몽우리가 살짝 부딪히기만 해도 눈물이 찔끔 날 정도로 아팠다. 그 사정을 말할 수도 없어 경호 오빠 팔을 붙잡고 걸어갔다. 누구의 기억이 정확한지 모르겠다.

아침에 오빠가 "내 더위"하며 나한테 더위를 팔아서 내가 막 울고…….

우리는 그때로 돌아간 듯 마주 보고 웃었다.

열쇠점 사장이 왔다. 도어 록이 고장 났다며 부수고 새 걸로 교체했다. 비용이 이십삼만 원이었다. 야간 출장비 팔만 원을 내야 한다, 했다. 도어 록값 십오만 원은 임대인이 내려니까 출장비 팔만 원은 임차인이 내셔요. 경호 오빠는 그러겠다고 지갑에서 십만 원을 꺼내어 내밀었다. 그는 방으로 들어갔고 나는 집으로 왔다. 다시 잠들려 해도 잠들지 못하고 뜬눈으로 지새웠다.

다음 날, 수영장에서 파란색 삼각 수영복을 입은 경호 오빠를 보았다. 꿈속도 모자라 내가 가는 곳마다 따라다니는 건가. 하기야 동네에 수영장이 이곳밖에 없으니까. 다리며 가슴에 털이 부슬부슬한 그가 섹시해 보였다. 그의 몸을 훔쳐본 내 시선을 느꼈을까 봐 안 본 척 고개를 돌렸다. 나는 그의 옆 풀로 들어갔다. 그는 양팔을 어깨 위로 뻗어 접영을 하면서 레인 너머에서 자유형으로 고개를 돌리는 내 오른쪽 뺨을 후려쳤다. 뺨이 금세 부어올라 홧홧했다. 고의가 아닌, 모르고 한 일이라도 몹시 불쾌하고 눈물이 날 것 같았다. 그렇다고 화를 낼 수도 없고. 풀에 멈추어 서서 그는 미안하다고 몇 번이나 사과했다. 나는 괜찮다, 했다. 부어오른 뺨은 시간이 지나면 괜찮아지겠지만, 남편에게도 맞지 않은 뺨을 다른 남자에게 맞으니 불쾌한 기분은 쉽게 가시지 않았다. 다른 레인에서 덕만이 그 모습을 내내 지켜보고 있었다. 경호 오빠가 레인을 넘어왔다. 나와 같은 강습반인 남자와 환담을 하고 있었다. 배영 백 미터를 돈 내가 또 배영을 하려고 할 때, 그가 십 미터 앞에서 배영으로 가고 있었다. 이십 미터쯤 갔을 때 그의 몸 위에 내 몸이 포개졌다. 민망했다. 나는 얼른 평영으로 자세를 바꾸어 속도를 늦추었다. 경호 오빠가 먼저 풀 밖으로 나갔다. 나는 같은 강습반인 남자에게 다가가 물었다. 저분은 우리 세입자인데 잘 아세요? 친구입니다, 대답했다. 오십 분의 시간을 채우고 밖으로 나왔다.

그는 덕만과 휴게실에 앉아 이야기하고 있었다. 왼쪽 아래 어금니가 휑한 게 보였다. 내일부터 제 차로 같이 다닙시다, 덕만이 말했다. 그와 가까이하고 싶지 않은 내 마음도 모르고. 나는 강습 시간을 바꾸어야겠다고 생각했다. 치과 예약이 있다며 그는 자리에서 일어났다. 나는 경호 오빠가 우리 관계에 대해 덕만에게 말할까 봐 불안했다. 차를 타고 가면서 덕만에게 일렀다. 세입자와 어울려서 좋을 게 뭐냐? 적당한 거리를 두시라.

집 근처 만리장성 앞, 1차선 도로에 차가 한 대도 주차되어 있지 않았다. 도로가 시원하게 뚫렸다. 별일이네, 덕만이 코너를 돌면서 고개를 갸웃거렸다. 도로 양쪽에 주차 금지 설치물이 박혀 있고, 주정차 금지 푯말이 붙어 있어도 늘 차가 주차되어 있었다. 그곳을 지날 때면 차가 백미러에 부딪히거나 옆구리를 긁을까 불안해서 나는 손잡이를 꽉 움켜잡거나 몸을 운전석 쪽으로 기울이곤 했다. 왜 양쪽에 주차하는지 모르겠네, 덕만은 투덜거렸다. 신고도 못 하고 맨날 투덜거리는 덕만이나 그곳에 주차하는 인간이나 나는 막상막하라고 생각했다.

누가 신고했는지 이제야 내가 낸 세금이 제대로 쓰이네, 이래서 구청장 선거 때 사람을 잘 뽑아야 하는 거야. 신고 정신이 투철한 시민을 위하여. 브라보! 나는 손뼉을 쳤다. 집 가까이 있는 감시 카메라를 지날 땐 감시 카메라 바로 밑은 찍히지 않는다며 주차하는 얌체 차도 없었다. 다음 날도 그다음 날도 만리장성 앞 도로에 주차한 차는 없었다. 누가 걸려도 제대로 걸린 모양이라고, 이제야 단속을 제대로 한다고, 이래서 법치 국가가 좋은 거라고 생각했다.

쓰레기 분리수거 과태료 고지서가 우편으로 날아왔다. 아마 택배 상자에 붙은 주소를 보고 신고한 것일 거다. 어떤 놈이 신고했느냐고 덕만은 입이 한 자나 튀어나왔지만, 언젠가 된통 걸릴 줄 알았다. 그렇게 쓰레기를 버리면 안 된다고 누누이 일렀건만 고집을 피우고 내 말을 안 듣더니 쌤통이다 싶었다. 문제는 덕만뿐이 아니었다. 근처 상가 몇몇 군데도 과태료 고지서가 날아들었다. 분리수거가 안 된 채 비닐봉지에 버린 쓰레기나, 버려진 의자나 가구에 딱지가 붙어 있었다. 누가 신고했을까?

주차장에서 제네시스 운전석 문을 여는 경호 오빠를 만났다. 제네시스 SUV GV80 차를 덕만이 부러운 눈으로 쳐다보자 렌트했어요, 그가 말했다. 치과에 실 빼러 가는 길이라고 했다. 두 번 다시 그 치과에 가지 않을 줄 알았는데 그새 마음이 풀려서 또 간다는 건가? 먹는 우물에 침 뱉기지.

요새는 만리장성 입구에 들어오기 편하시죠? 저도 몇 번 애먹었어요.

경호 오빠가 덕만에게 말했다.

진작 그랬어야 했는데…… 편하긴 하더라고요.

제가 손 좀 썼죠. 양쪽에 차를 대는 그런 몰상식한 인간이 어딨어요.

그는 허허 웃으며 주차장을 빠져나갔다. 덕만이 분리수거함의 스티로폼 상자를 치우며 말했다. 가게 앞에 불법 주차했다고 다 신고하면 장사 접으라는 소리지. 하기야 성질대로라면 나도 신고하고 싶은 것이 한둘이 아니었다. 우리 집 앞 멋지네 옷가게에서는 주말마다 도우미가 확성기를 크게 틀어 놓고 춤추며 호객을 한다. 시끄러워서 미칠 지경인데도 이웃 간에 등을

지면 안 될 것 같아 귀가 얼얼해도 참고 견딘다. 동네 상
가에서 인도에 광고용 풍선 인형을 세워 놓은 것도 불
법이고, 노래방의 음악 소리가 밖으로 새어 나오는 것
도 불법인데, 그걸 다 신고했을까. 경호 오빠가 신고 정
신이 투철한 건 어쩌면 어릴 적 간첩 신고 교육에 세뇌
되어서 그런 게 아닐까. 간첩을 신고하면 삼천만 원을
준다는 포스터가 벽에 붙어 있는 걸 보고 자랐다. 그래
서 나는 초등학교 때 간첩을 잡으러 다닌 적이 있었고,
신고한 적도 두 번 있었다. 수상한 사람을 힘들게 미행
해 신고했는데 경찰 아저씨는 포상금은커녕 연필 한
자루도 안 주고 머리만 쓰다듬었다. 그 뒤로 나는 절대
신고 같은 건 하지 않는다. 내게 돌아오는 물질적인 대
가가 없었으므로. 법 좋아하다 법으로 망하는 인간 한
두 번 봤나? 우리 낯을 봐서라도 경호 오빠가 신고를 그
만했으면 싶었다. 가뜩이나 동네에 빈 점포가 늘어나
고, 장사가 안된다고 울상인데 주민과 다툼이 있을까
염려되었다.

　한편으론 신고 덕분에 동네가 달라지기도 했다. 인
도를 걷다 길게 자란 풀에 다리가 쓸려 차도로 걸어 다
니느라 위험했는데, 말끔히 제초되어 있었다. 광고용

풍선이 사라져 인도가 넓어서 다니기 편했다. 쓰레기 불법 투기가 줄어들었고, 불법 주차하는 차들이 사라져 뭔가 체계가 잡힌 것 같았다. 새마을 운동을 한 것처럼 동네가 깨끗했다. 모처럼 엘리베이터 안을 청소했다.

엘리베이터에 시가 붙어 있었다. 많이 알려진 짧은 시라서, 광고용으로 붙여 놓은 줄 알았는데 어디에도 광고 문구는 없었다. 시에 관심 있는, 우리 원룸에 사는 대학생이 붙여 놓은 모양이라 생각했다. 한두 번 재미로 그러다 말겠지 했다. 그런데 매일 새로운 시가 붙어 있었다. 정성이 갸륵하다 여겼다. 그러다 엘리베이터를 탈 때면 오늘은 무슨 내용의 시가 붙어 있을까 궁금했다. 나도 모르게 자연히 시를 읽게 되었다. 어느 날부터 시의 빈칸에 좋아요, 댓글처럼 이모티콘 스티커가 붙어 있었다. 어느 때는 스티커가 열 개가 넘을 때도 있었다. 세입자 SNS에 엘리베이터의 시 사진이 올라와 있기도 했다. 이러다가 우리 원룸이 유명세를 치르는 게 아닌가, 생각이 들었다.

시가 계기였는지 크리스마스가 다가오자 이번에는 어느 세입자가 엘리베이터 앞에 트리를 세워 놓았고, 303호 세입자는 빨간 산타클로스 모자 안에 사탕과 초콜릿을 담아 놓았다. 집주인 체면에 가만히 있을 수 없어서 작은 케이크를 세대마다 돌렸다.

우연히 도서관에서 잡지를 읽다가 경호 오빠의 시가 당선된 걸 보았다. 우리 원룸에 온 후 당선된 모양이었다. 당선 소감에 미국 이민 가서 외롭거나 힘들면 시를 읽고 썼다고 했다. 당선작은 죽은 아내를 생각하며 쓴 시라고 했다. 그러고 보니 언젠가 당선 시가 엘리베이터에 붙어 있었던 것 같다. 사모곡 쓸 정도로 애틋한 부부 사이였다면 이혼은 왜 했을까.

눈이 오는 날, 엘리베이터 안에서 시를 붙이는 경호 오빠를 보았다. 시를 붙이는 사람이 오빠인 줄 몰랐네요. 엘리베이터 안에 단 둘뿐이라 인사 겸 말했다. 그래도 네가 곁에 있어서 위안과 온기를 얻는다. 그는 낮은 목소리로 나를 응시하며 말했다. 나도 그를 쳐다보며 말했다. 반응이 뜨겁던데요. 당선 시를 읽었다는 내색은 하지 않았다. 엘리베이터 안에 붙은 시를 읽어 보니 「나와 나타샤와 흰 당나귀」였다.

저녁에 덕만으로부터 일 층 와인 바로 내려오라는 전화가 왔다. 덕만이 혼자 있을 줄 알고 내려갔더니 경호 오빠와 함께 있었다. 두 사람은 가끔 술도 마시고 어울리는 눈치였다. 나는 셋이 있는 게 불편했다. 집으로 도로 갈 수도 없고, 앉아 있을 수도 없고 난감해 덕만이 따라준 비달 아이스 와인을 홀짝거렸다.

두 분은 사이가 참 좋아 보여요? 항상 같이 다니고 운동도 같이하고…….

경호 오빠는 나와 덕만을 쳐다보며 말했다. 다리를 꼬아 앉다가 내 발이 앞에 앉은 경호 오빠 발에 닿았다. 고향 집에서 경호 오빠와 다리 빼기 놀이하며 〈이거리 저거리 각거리〉 동요를 부르던 게 떠올랐다.

바깥의 스카이로켓 향나무에 매달아 놓은 작은 전구가 별처럼 반짝였다. 덕만이 편안한 표정을 지으며 말했다.

나이 들면 부부밖에 더 있겠어요. 부부가 친구지요.

저는 그러지 못해서…… 와이프가 죽고 나니 후회가 됩니다.

그 말이 끝남과 동시에 〈난 참 바보처럼 살았군요〉 노래가 음악 방송에서 흘러나왔다. 나는 큭큭 터지려는 웃음을 참았다.

살면서 힘들 때 평생 잊지 못할 아름다운 추억 하나

만 있어도 충분히 살 이유가 있거든요. 사장님은 그런 추억이 있으세요?

나는 입술을 만졌다. 경호 오빠의 아름다운 추억은 내게 입을 맞춘 어릴 적 그 밤인가, 부산 여관에서 내 가슴을 보았을 때인가, 그의 아내와 함께한 추억인가.

선생님은 그런 추억이 있으세요?

우리 관계를 모르는 덕만의 앞이라, 나는 일반적인 남자에게 대하듯 깍듯이 선생님이라는 호칭을 써가며 당돌하게 물었다.

글쎄요, 경호 오빠는 와인 잔에 얼마 남지 않은 부르고뉴 샤르도네를 마시며 알 듯 모를 듯 미소를 지었다. 발에 뭐가 묻었어요. 그는 허리를 숙여 발을 툴툴 털었다. 내 발인 줄 몰랐단 말인가.

나와 같은 수영 강습반인 경호 오빠 친구가 얼마 전 다시 자세히 들려준 이야기가 떠올랐다. 경호 오빠는 성격 차이로 이혼했다. 아내는 재혼 후 암에 걸렸고, 재혼한 남편이 아내를 돌보지 않았다, 했다. 그러자 경호 오빠는 속죄하는 마음으로 아내를 돌봤다. 병원에서 지낸 일 년 동안 부부 사이가 가장 좋았단다. 재결합할까 고민하는 사이에 아내가 죽었다, 했다. 그 말을 듣고

'우물쭈물하다가 내 이럴 줄 알았지' 하는 묘비명이 생각나 쓸쓸했다.

미국서 어떻게 여기로 오게 되었어요?

덕만이 카나페를 입에 넣고서 물었다.

이 동네 예전 지명이 아마 응암마을일 거예요. 옛날에는 전부 논밭이었어요. 사장님 건물 자리가 예전에 제 처가의 밭이었어요. 처가가 이 동네 살았거든요. 지금은 아무도 안 살지만. 아내에게 청혼할 때 처가에 와서 했어요. ……아내를 좀 더 이해하고 싶어서, 한국 간다면 응암마을에서 지내고 싶었죠. 마침 친구들도 근처에 살고요.

하, 나는 경호 오빠가 나를 못 잊어서 찾아온 줄 알았다. 그런데 그의 아내가 살던 동네였고 아내와의 아름다운 추억 때문이었다니. 모두 나의 오해였나 보다. 알고 보니 그에게 나는 그저 스쳐 지나가는 사람이었을 뿐인데…… 부산 여관에서의 일을 지금까지 간직하고 있었는데…… 흘러 버린 세월을 찾을 수만 있다면 얼마나 좋을까 좋을까…… 가사가 흘러나왔다.

골똘히 생각하느라 두 사람의 대화가 들리지 않고 입이 벙긋거리는 모습만 보였다. 와인을 마시고 마음을 진정시키자 다시 그의 말이 들려왔다.

……시위하던 학생이 머리에 피를 흘리고 있었는데 손수건으로 지혈해 주다가 경찰 곤봉에 손을 맞았어요. 그때 맞은 손가락의 신경을 다쳐서 지금도 손가락을 움직이기 불편하다니까요.

그래서 연락이 끊겼을까. 잡아야 할 손을 놓쳤던 손, 인생의 한순간을 손가락 사이로 빠져나가게 했던 손. 나는 그의 손을 잡고 싶은 충동에 손을 뻗었다가 덕만이 의식되어 경호 오빠 앞에 있는 와인 잔을 잡았다.

저쪽 테이블에서 이십 대 초반쯤 되어 보이는 여자가 큰소리로 까르르 웃는 소리가 들렸다. 나는 그쪽을 쳐다보았다. 여자 옆에 앉은 남자는 팔에 용 문신이 새겨져 있고, 여자보다 열 살 정도 많아 보였다. 너 죽을래, 남자가 여자 얼굴 가까이 손을 올리자 여자는 또 까르르 웃었다. 남자가 여자의 팔목을 붙들고 끌고 나가려 했다. 여자는 가지 않으려는 듯 몸을 뒤로 버텼다. 우리를 쳐다보는 눈빛이 도움을 요청하는 듯했다. 경호 오빠가 일어나 다가갔다. 그 손 놓으시죠? 뭐야! 씨발, 남의 일에 참견이여. 여자가 안 갈려고 하잖소. 그 손 놓아 주시오. 하, 틀딱 주제에, 틀니를 어디에다 두고 왔

나. 새끼야 틀니나 껴! 남자가 이죽거렸다. 남의 일에 참견하지 말고 그냥 내버려 두었으면 싶었다. 경찰에 신고한다며 경호 오빠가 바지 호주머니에서 휴대폰을 꺼냈다. 여자가 다가와 휴대폰을 든 그의 손목을 꽉 잡았다. 꼰대 할아버지, 그만 하세요! 남자와 여자는 가게 밖으로 사라졌다.

자리로 되돌아온 경호 오빠의 손목에 여자의 손가락 자국이 남았다. 무참해진 그를 위로하느라 덕만이 술을 따르며 요즘 애들이 그래요, 했다. 경호 오빠는 '요즘 애들'을 성토하기 시작했다. 입가에 게거품이 끼고 침이 테이블에 튀었다. 코가 간질간질하더니 나는 갑자기 재채기가 터져 나왔다. 그 바람에 팬티에 오줌을 찔끔거렸다. 그놈의 요실금. 일어나 화장실로 향했다. 화장실에 다녀올 동안에도 경호 오빠의 수다는 끝나지 않았다. 예전엔 과묵해서 좋았는데 어쩌다 수다쟁이로 변했을까. 오빠야– 요즘 애들은 어느 시대에나 있었다 아이가. 우리는 안 그랬나? 우리 할배들한테 물어 바라. 머라 카는지, 나는 속으로 말했다. 맞은편에 앉은 덕만이 당신 이빨에 고춧가루 묻었다며 일어나 나를 향해 손을 뻗었다. 경호 오빠 앞이라 무안해서 내가

하겠다고 하자 가만히 있어 봐라, 기어이 손가락으로
내 앞니에서 고춧가루를 뗐다. 덕만의 얼굴을 쳐다보
니 콧속에 흰 코털이 삐져나와 있었다. 그때 경호 오빠
가 입을 크게 벌려 하품을 했다. 어금니가 빠진 휑한 입
속이 보였다. 입도 가리지 않고 하품을 하니 구취가 심
하게 났다. 싱그러운 요즘 애들이었던 우리는 어디로
사라지고 추레한 요즘 노인으로 남았을까. 하기야 옷
속에 감춰 두기 억울했던 탱탱하고 예쁜 내 가슴도 세
월이 지나니 바람 빠진 풍선처럼 물렁물렁하게 축 늘
어졌으니 말이다. 쓸쓸한 기분이 들었다. 술병의 술은
떨어졌고 각자 앞에 놓인 와인이 반쯤 남아 있었다. 이
것만 마시고 가자, 덕만이 말했다. 내 잔에 남은 와인의
반을 덕만의 잔에 따라 주었다. 나는 와인을 마시며 생
각했다. 젊었을 때는 젊음 자체로 아름다웠지만, 이제
우리는 늙어 가고, 아니 익어 가고 있으니 곱게 익어야
겠다 생각했다.

디케의 눈물

*

 306호 문이 활짝 열려 있었다. 어제까지도 교도소의 철문처럼 굳게 닫혀 있었는데…… 퉁은 언제 들어왔다 사라졌을까. 나는 CCTV를 돌려 보았다. 내가 잠든 새벽에 들어왔다 사라졌는지, CCTV가 찍히지 않는 곳을 일부러 피해 다녔는지 퉁의 흔적을 발견하지 못했다. 근래에는 하루에도 몇 번씩 306호 벨을 누르고 안에 인기척이 있는지 살폈으나 퉁을 만나지 못했다. 꼭 연락 바란다고 문에 포스트잇을 붙여 놓았다.

 퉁과 전화조차 되지 않은 지 오래되었다. 혹시 무슨 변고가 생기지 않았을까 염려되어 경찰에 신고하려고 벼르던 참이었다. 306호 문 앞에 서서 방 안을 쳐다보았다. 루이뷔통 모노그램 패턴이 새겨진 갈색 가방이 방의 주인처럼 한가운데 자리를 잡고 있었다. 빨리 306호로 내려오라고 덕만에게 전화했다. 루이뷔통 가방이 자신을 만져 달라고 유혹하는 듯했다. 나는 방으로 들어가 루이뷔통 가방을 살폈다. 말랑말랑한 가죽 촉감이 손바닥에 전해졌다. 모노그램 패턴이 일률적이었다. 핸드백으로 사용하기에는 좀 큰 편이지만 요즈음은 큰 백이 유행이라지 않은가. 간단한 여행용으로 안성맞춤이었다. 그사이 덕만이 왔다.

루이뷔통 가방을 두고 갔어.

나는 덕만의 코앞에 가방을 내밀었다.

베트남에서 온 세입자도 명품 가방을 갖고 다니는데, 이 나이 먹도록 나는 뭐 하고 살았는지 몰라.

가방을 이리저리 살펴보던 덕만은 가방의 지퍼를 열었다.

당신은 자체가 명품이니까 이런 거 안 들어도 빛나.

말이나 못 하면…… 나는 덕만에게 눈을 흘겼다.

가방 안에는 남성용 리바이스 청바지와 나이키 셔츠가 들어 있었다. 덕만이 그것들을 꺼냈다. 가슴에 브이 로고가 새겨진 셔츠는 얼마 전 연예인이 티브이에 나와서 입었던 거와 똑같은 것이었다. 홈 쇼핑에서 몇 분 만에 완판한 그 셔츠였다. 나는 덕만에게 입어 보라, 했다. 안 입는다고 덕만은 셔츠를 저리 치우라고 했다. 나의 강권에 마지못해 입은 셔츠는 품이 딱 맞았고, 소매 기장도 알맞았다. 청바지는 길이가 약간 길어서 기장을 수선하면 될 것 같았다. 우와, 연예인 같네! 나는 덕만을 추켜세웠다. 가방 안을 살폈다. 바느질이 꼼꼼하고 디테일이 살아 있었다. 족히 몇백만 원은 하지 싶었다.

이거 우리 하자.

이것도 당신이 다 해, 덕만은 옷을 벗어서 가방에 쑤셔 넣었다.

퉁이 파손한 옵션이 있는지 방을 점검하기 시작했다. 나는 먼저 주방을 살폈다. 밥해 먹은 흔적 없이 후드와 싱크대가 깨끗했다. 냉장고 문에 배달 음식 스티커 서너 개가 붙어 있었다. 냉장실은 깨끗하게 비어 있었다. 냉동실 문을 열었다. 찬 기운이 느껴지지 않았다. 모터가 돌아가는 소리도 나지 않았다. 락앤락 통에 김치가 들어 있었다. 열어 보니 쉬어서 군둥내가 나는 김치에 곰팡이가 피어 있었다. 그때 내가 준 김치가 여태 있었나. 이것도 연구용으로 넣어 놓았을까. 나는 김치 통을 통째 버렸다. 냉장고는 고장이 난 것 같았다.

퉁이 입주하고 얼마 지나지 않아서 전화가 걸려 왔다. 전기 레인지에 불이 들어오지 않는다, 한국어로 또박또박 천천히 말했다. 나는 내려가 확인했다. 싱크대 위에 쓰레기가 가득 든 이십 밀리 종량제 봉투가 놓여 있었다.

쓰레기를 왜 여기에 두세요?

나는 영어로 물었다.

침대에 비스듬히 앉은 퉁은 싱크대 위 쓰레기 봉투를 조각품 감상하듯 영어로 대답했다.

연구 중입니다.

연구원이니까 쓰레기도 연구하는구나, 생각했다.

책상 위, 가족사진이 눈에 띄었다. 결혼했느냐고 물었다. 결혼했다고, 곧 아내와 가족들이 한국에 여행을 올 거라고 영어와 베트남어를 섞어서 대답했다. 그는 휴대폰에 저장된 아내 사진을 보여 주며 아내가 미인이라고 자랑했다. 내 눈에 미인은커녕 납작코에 얼굴은 너부데데하고 피부는 까맸다. 스키니 데님에 몸에 꽉 끼는 짧은 티셔츠를 입어 살이 울퉁불퉁 불거져 나왔다. 패션에는 젬병처럼 보였다. 나는 마지못해 고개를 끄덕이며 속으로 제 눈에 안경이구먼, 했다.

퉁은 베트남에 고급 아파트도 있고, 포르쉐를 타고 아내는 돈을 잘 번다, 했다. 묻지도 않았는데 동타오 요리를 즐겨 먹는다고 자랑했다. 동타오 요리를 즐길 만한 부자라면 아파트나 오피스텔을 얻지 왜 원룸을 얻었을까. 하기야 그 학교에서 우리 원룸이 거리가 가깝고 또한 취향일 수 있으니까. 나는 예스, 예스, 하며 고개를 끄덕였다. 베트남에는 귀족과 젠트리 계급이 즐겨 먹는 동타오 요리가 있다면, 한국에는 서민들이 즐기는 치맥이 있다고, 치맥을 먹어 보라고 권했다. 퓨즈가 나간 것 같으니 갈아 주겠다고 말하고는 전기 레인지를 들고나왔다. 그때는 고양이를 키우지 않았는지 고양이 털이 눈에 띄지 않았다. 언제부터 고양이를 키웠을까.

퉁이 떠난 빈집 바닥에 고양이 털이 몇 올 남아 있었다. 고양이 털이 코에 들어갔는지 덕만은 연신 재채기했다. 퉁이 고양이를 키웠다는 건 전혀 몰랐다. 간혹 고양이 울음소리가 들리기는 했다. 길고양이가 우는 모양이라 생각했다. 고양이는 어떻게 했을까. 입양을 보냈을까. 길고양이로 버렸을까, 죽었을까. 분명히 고양이 울음소리가 들렸을 텐데 어째서 다른 방의 세입자들은 고양이 울음소리에 대해서 항의하지 않았을까. 그들도 고양이를 키우고 싶은데 여건상 그러지 못하니, 대리 만족을 했을까. 배려였을까. 아니면 고양이에게 위안을 받았을까. 그들은 서로 쉬쉬하며 고양이를 보호하고 있었는지 모르겠다. 계약할 때 분명히 애완동물 금지라고 말했고, 두 팔로 엑스자를 만들어 표시했다. 그리고 노 스모킹이라고 했다. 퉁은 미소를 지으며 예스, 라고 했다.

퉁은 베트남에서 G대학 석박사 과정으로 온 연구원이라고 했다. 우리 원룸은 G대학과 거리가 가까워 대학원생들이 여러 명 살고 있었다. 그들은 우리 원룸의 에이스였다. 특히 G대학 재학생들이 많이 살면 원룸의 분위기도 좋아지고 수준이 올라가니까, 나는 그들을 선호했다. 그들은 월세를 밀리거나 잡다한 문제를 일으키지도 않았고, 그야말로 지성인답게 말이 통했다.

퉁이 방을 구하러 왔을 때 외국인이라 말이 통하지

않아 곤란하다고, 나는 배짱을 튕기며 중개사에게 말했다. 신학기라 근처 원룸에 공실이 없어 방을 구하기가 어렵다는 걸 나는 잘 알고 있었다. 그건 걱정하지 마세요, 옆에 앉은 청년이 자신도 연구원인데 퉁의 멘토로 통역을 한다며 휴대폰 번호를 알려 줬다. 퉁도 곧 휴대폰을 개통할 거라고 했다. 말이 통하지 않다는 건 실은 핑계고, 나는 생활 영어 회화 정도는 가능했다. 더구나 요즈음은 휴대폰에 번역기 앱이 있지 않은가. 예전에 캐나다에서 온 영어 교사를 들인 적이 있었는데, 퇴실해도 오랫동안 체취가 남아 있어 냄새를 없애느라 애를 먹었다. 못마땅해하는 내 표정을 살피던 퉁이 깨끗이 쓸게요, 했다. 그때 카톡이 왔다. 약 타고 간다. 고엽제 후유증으로 약을 달고 사는 외삼촌이 근처 보훈병원에 왔다 가는 모양이었다. 내가 어릴 적, 외삼촌은 월남전에서 베트콩을 수두룩하게 수확했다고 자랑했다. 나는 베트콩이 땅콩이나 완두콩처럼 먹는 콩의 한 종류인 줄 알았다. 외삼촌이 콩 타작을 많이 했구나, 생각했다. 후일 베트콩이 사람이라는 사실을 알고 외삼촌에게 실망했다. 전쟁에서 사람을 죽여 훈장을 받은 외삼촌은 자신이 전쟁 영웅이라고 내게 주입시키려

했다. 나는 외삼촌이 사람을 죽인 인간 백정이라고, 평생 속죄하고 살아야 한다고 경멸했다. 외삼촌은 내 말에 아랑곳하지 않으며 전쟁통에서 배운 건 커피라고 했다. 외삼촌 때문에, 베트남 사람들에게 미안한 마음이 들어서 퉁을 받아들였다.

입주한 날, 저녁에 김치를 담고 있는데 퉁이 집으로 찾아왔다. 선물이라며 베트남산 인스턴트커피를 내밀었다. 나는 배추김치를 한 포기 담아 주었다. 퉁이 가고 나서 보니 믹스커피 열 개가 들어 있었다. 우리나라 돈으로 환산하면 천 원도 안 되는 거였다. 이왕 줄 거 좀 좋은 커피로 주지, 선물을 받고도 썩 기분이 좋지 않았다. 젠트리 계급이고 부자라면서 겨우 이런 커피를 줄까?

베트남에 여행 갔을 때 호텔에 비치된 그 믹스커피를 마셨던 적이 있었다. 커피는 무지 달고 써 내 입맛에 맞지 않았다. 내가 기억하는 베트남은 루왁 커피였다. 그들은 전쟁 중에도 땅굴에서 커피를 즐겼던 민족이 아닌가. 사이공 구찌 땅굴에서 나는 생각했다. 이 나라 민족이 위대한 건 미국을 이겨서도 통일을 이루어서도 아니고, 열악한 땅굴 속에서 커피를 즐겨 마시는 여유를 잃지 않아서라고. 나는 그들에게 경의를 표했다. 땅굴 체험을 마치고 카페에서 마셨던 질 좋은 루왁 커피 맛을 잊을 수 없다. 그 커피 맛이 혀에 남은 듯해 입맛을 다셨다. 나에게는 싸구려 커피를 선물하고 저는 루왁 커피를 마셨던 것인지 빈방에서 루왁 커피 향이 은은하게 풍기는 듯했다.

커피 맛을 뒤로 하고 화장실로 들어갔다. 환풍기에 담배 인이 배여서 누랬다. 한낮에 화재경보기가 울렸던 적이 있었다. 화재경보기는 예민해서 담배 연기에도, 주방의 연기에도 반응했다. 나는 경험으로 누군가 담배를 피웠으리라 생각했다. 일 층에 내려가 경보기 함을 열었다. 306호에 빨간 불이 들어왔다. 나는 퉁의 방으로 올라가 문을 두드리고 벨을 눌렀다. 문을 열고 나온 퉁은 놀란 얼굴이었다. 방 안에서 담배 냄새와 연기가 자욱했다. 노 스모킹! 노 스모 킹! 나는 외쳤다. 퉁은 담배를 피우지 않았다고 말했다. 나는 방 안의 연기를 손가락으로 가리켰다. 퉁은 멋쩍은 표정을 지었다. 그가 뒤돌아서는데 뒤로 감춘 손가락에 담배가 끼워져 있었다.

샤워기 수전에서 반짝반짝 광택이 났다. 괜히 멀쩡

한 수전을 바꿔 준 것 같았다. 전기 레인지를 고쳐 주고 일주일쯤 지나, 이번에는 샤워기 수전을 바꿔 달라고 전화했다. 가만히 지켜보니 요구 사항은 한국어로 천천히 또박또박 말했다. 샤워기 헤드의 필터를 교체해도 필터가 누렇게 변했다고, 혹시 수돗물이 옥상 물탱크에서 나오느냐? 퉁의 멘토가 다시 전화로 물었다. 우리 집은 수도관에서 직수로 나온다고 대답했다. 녹물이 나오는 것 같아 퉁이 불편해한다고 했다. 그건 저희가 해결할 수 없습니다. 상수도 사업 본부에 문의해 보세요. 나는 속으로 연구원이라 너무 잘 아니까 깐깐하다는 생각이 들었다. 지금껏 샤워기 필터를 갈아 달라고 요구한 세입자는 없었다. 그럼에도 고객을 위한 서비스 차원에서 수전을 통째로 바꿔 주었다. 수전 교체하는데 월세의 절반 값이 들었다. 다행히 화장실 비품은 고장 난 게 없었다.

그다음 티브이를 켰다. 화면이 정상적으로 나왔다. 티브이는 이상이 없었다. 그 아래 장식장의 서랍을 열었다. 서랍 안에 베트남으로 송금한 영수증 묶음이 있었다. 연구원이 무엇으로 이만한 돈을 벌었을까. 이 돈이면 베트남에서 최신식 아파트를 살 수 있을 것이다.

어떤 신박한 걸 연구해서 대박을 터뜨렸을까. 요즈음은 산학 협력으로 기술 개발해서 상품을 만들기도 한다니 말이다.

마지막으로 냉장고 에이에스 기사를 불렀다. 기사는 컴프레서가 고장이라고 했다. 왜 고장이 났어요? 사용자 부주의로 고장이 난 거 아녜요? 퉁에게 단단히 수리비를 받으리라 작정하고 에이에스 기사를 부른 것인데 기사는 사람이 늙으면 병이 나는 것처럼 노후로 고장이 난 거라서 세입자 잘못은 아니라고 말했다. 어쩔 수 없이 내가 수리비를 지불했다.

방을 점검한 후 청소를 대충 끝냈다. 부동산에 공실이 나왔다고 전화했다. 이사 철이 아니어서인지 한 달 가까이 306호를 보러 오는 사람이 없었다. 저녁상을 차릴 때 모처럼 부동산에서 연락이 왔다. 방 좀 보여 주실 수 있을까요? 저는 다른 약속이 있으니 사장님이 수고해 주시면 안 될까요? 나는 흔쾌히 그러라고 했다. 30분쯤 이따 갈 거예요. 밥을 두 숟가락 입에 넣었을 때 전화가 왔다. 30분쯤 걸리겠다더니 5분도 지나지 않아서 도착했다고 주차장에서 연락이 왔다. 나는 입에 든 밥을 뱉어 내고 얼른 키를 들고 306호로 내려갔다. 삼십 대

초반으로 보이는 남녀가 막 엘리베이터에서 내렸다. 나는 306호 문을 열었다. 방으로 들어선 그들이 전등을 켰다. 허락도 구하지 않고 사진 찍기에 바빴다. 침대에 걸터앉아서 찍고, 가구를 찍고, 티브이와 화장실을 찍었다. 정작 중요한 곳은 확인하지 않고 잘 봤다며 돌아갔다. 설마 했더니 임장족이 임장 크루 활동을 하러 온 모양이었다. 나는 허탈해서 다리에 힘이 쑥 빠지고 어깨가 축 내려앉았다. 배는 고프나 밥맛이 뚝 떨어졌다. 생각해 보니 나도 예전에 아파트 임장을 다닌 적이 있었다. 곧 아파트를 살 것처럼 묻고 행동하면서 하루에 다섯 집을 본 적이 있었다. 내가 집주인의 입장이 되니 부동산 중개인에게도, 집주인이나 세입자에게도 민폐를 끼쳤구나 싶었다.

은행 대출 이자를 내야 하는데 통장의 잔액이 얼마 남지 않았다. 딱 306호 월세만큼이 부족했다. 나는 빨리 공실을 채워야겠다는 마음에 연락처에 입력한 부동산마다 전화했다. 전화한 부동산이 열두 곳이 넘었다. 통화 중 어느 부동산 중개인이 말했다. 혹시 그 방에서 고독사했어요? 그런 소문이 있던데…… 아니요! 절대 그런 일 없어요! 병원에서 돌아가셨어요. 306호에는 예전에 경우 씨가 살았었다. 경우 씨는 새벽에 구급차를 타고 병원으로 갔다. 첨단병원에서 췌장암으로 죽었다. 경우 씨가 나간 후 청소하고 새로 도배했다. 306호를 보러 온 사람들이, 방은 마음에 드는데…… 곧 계약이 이루어질 듯하면서도 성사가 되지 않았고, 입주 후에도 중도 퇴실하는 경우가 발생하곤 했다. 306호는 두 달을 공실로 있다가 퉁이 들어온 것이다. 다른 방들은 금세 나가는데, 306호는 쉽게 나가지 않았다.

306호 문제점을 찾기 위해 다시 내려갔다. 아직도 퉁의 체취와 방향제가 섞여서 묘한 냄새가 났다. 창을 열어 환기를 시켰다. 남향이라 따뜻한 볕이 방 안으로 들어왔다. 사람이 살지 않아도 먼지는 쌓이고, 사람의 온기가 없는 집은 더욱 빨리 허물어지는 법. 창을 닫아놓아서인지 창가 벽지에 곰팡이가 피었고, 침대 옆 벽지에는 고양이 오줌 얼룩이 남아 있었다.

책장의 가족사진이 놓였던 자리는 색이 바래 명도 차이가 났다. 퉁은 물건은 남겨 놓아도 사진은 갖고 간 모양이었다. 나는 사진이 놓였던 곳을 꼼꼼히 닦으며 인상적이었던 사진 속의 대가족 모습을 떠올렸다. 베트남 전통 모자인 농을 쓴 할머니를 중심으로 여러 명이 앉거나 서 있었다. 가족들 모습이 퉁의 말처럼 그렇게 부유해 보이지는 않았고, 소시민처럼 보였다. 퉁은 어디서나 나를 만나면, 바쁘다 해도 아랑곳하지 않고 휴대폰에 저장한 그의 아내 사진을 보여 주었다. 한국에서는 마누라 자랑하면 팔불출이라고 해도 그저 좋아서 싱글벙글하였다. 그러다가 눈자위가 축축해지기도 했다.

어쩌면 그날 퉁은 가족을 생각하며 울었는지 모르겠다. 젊은 남자가 그토록 구슬피 우는 소리를 나는 처음 들었다. 비 내리는 한밤중에 애간장을 녹이듯이 꺼이꺼이 우는 소리, 고양이 울음소리, 빗소리…… 한밤중 나는 잠이 깨었다. 305호에서 전화가 왔다. 옆방에서 아까부터 계속 우는 소리가 들려서 미치겠다, 잠을 못 자겠다. 내일 일찍 출근해야 하는데 어떡하냐, 내 처지가 중간에서 난처했다. 우는 사람에게 시끄러우니 들리지 않는 먼 곳으로 가서 울어라, 할 수도 없고, 그렇다고 우는 소리에 잠 못 자는 사람의 처지를 나 몰라라 할 수도 없고, 할 수 없이 퉁에게 문자를 보냈다. 무슨 일 있으세요? 한참 동안 답이 없었다. 306호로 내려갔다. 삼 층 복도에 애끓는 울음소리가 울렸다. 306호 문 앞에 서서 휴대폰을 만지작거렸다. 무슨 일일까. 할머니가 돌아가셨을까, 별의별 생각이 다 들었다. 이 상황에 전화하면 안 될 것 같았다. 그냥 모른 척, 괴로워도 참는 것이 나을 것 같았다. 집으로 돌아와 305호에게 문자를 보냈다. 어쩔 수 없네요. 나는 퉁을 위해 기도를 드렸다. 퉁 씨 괜찮아요. 다 지나갈 거예요.

새벽녘에 비는 눈으로 바뀌어 내렸다. 아침에 일어나니 눈이 소복이 쌓였다. 주기적으로 공병을 가져가는 할머니와 퉁이 분리수거함의 공병을 자루에 담고 있었다. 많은 공병을 얻은 할머니는 재수가 좋은 날이라며 흡족한 표정이었다. 할머니가 종이 상자를 챙기자 퉁이 상자를 묶어서 수레에 실어 주었다. 세찬 눈바람이 불었다. 종이 상자와 스티로폼 상자가 도로로 날아갔다. 퉁이 상자를 주우러 가다가 반대편에서 오는 차를 피하려다 언 도로에서 넘어졌다. 주차장에서 눈을 치우다 그 모습을 지켜본 나는 얼른 휴대폰으로 차량 번호를 찍었다. 차는 그냥 떠났다. 나는 퉁에게 다가가 사진을 보여 주었다. 안 다쳤어요. 병원에 가야겠으면 신고하세요. 퉁은 땡큐, 라고 말했다.

어젯밤 무슨 일 있었어요? 나는 그의 눈치를 살펴

며 영어로 물었다. 세입자에게서 항의 전화가 왔다는
말은 하지 않았다. 실은 제가 술을 마시면 우는 버릇이
있어서…… 그는 머리를 긁적이며 영어와 한국어를
섞어서 말했다. 나는 어이가 없었다. 괘씸해서 머리에
꿀밤이라도 먹여 주고 싶었다. 오 주여, 주(酒)를 너무
과하게 영접하셨네요.

통은 휴대폰을 꺼냈다. 또 아내 자랑을 할 것 같아
서 나는 도망가듯이 얼른 자리를 피했다. 아마 그 할머
니에게도 자랑했을 것이다. 통은 진심으로 아내를 사
랑한다는 생각이 들었다. 술을 마시면 운다는 건 거짓
이고 아마 아내가, 가족이 그리워 울지 않았을까. 통의
울음소리가 귀에 쟁쟁 들리는 듯하다. 나는 체머리를
흔들어 통의 생각을 털어 냈다.

청소가 덜 된 곳이 있는지 살폈다. 싱크대 수전 틈
새에 미처 닦아 내지 못한 미세한 때가 끼어 있었다. 나
는 수세미에 세제를 묻혀 닦았다. 벽지에 핀 곰팡이도
세제로 닦아 보았다. 벽지에 얼룩이 더 번졌다. 도배를
다시 해야 하니 내려오세요, 덕만에게 문자 메시지를
보냈다. 통의 생각에서 벗어나려는데 자꾸 생각이 났
다. 이 인간은 도대체 어디서 무엇을 할까. 살아 있기나

한 걸까. 떠오른 건 통의 부리부리한 큰 눈과 두툼한 입술이었다.

석 달 치 월세가 밀렸을 때 나는 통에게 전화했으나 없는 번호라고 했다. 일부러 피하는지 만날 수도 없었다. 혹여 전화번호가 바뀌었을까. 멘토라는 통역자에게 전화했다. 그도 전화를 받지 않아 문자를 남겼다. 내용이 궁금하면 연락이 올지 모르는 일, 긴히 드릴 말씀이 있어요. 감감무소식이었다. 306호 수도 계량기와 전기 계량기를 확인했다. 계량기 눈금이 지난달보다 좀 더 높은 수치를 나타냈다. 그러니까 306호에 사람이 전혀 없는 건 아니고, 가끔이라도 누군가 들락거리는 모양이었다.

보증금도 다 까먹고 연락이 없는 채 다섯 달 월세가 밀리자 나는 초조하고 의심이 가기 시작했다. 덕만에게 말했다. 통과 연락이 안 된다. 상황을 들은 덕만은 화를 냈다. 왜 지금까지 말하지 않고 가만히 있었냐. 진짜 G대학 학생이 맞을까 나는 의심스러웠다. 그 학교의 학생이면 이런 몰상식한 짓은 하지 않을 거라는 생각이 들었다.

산책 삼아 그 학교에 갔다. 운이 좋으면 통을 만날

수 있을지 몰랐다. 뒷문 쪽, 휴게실에 학생들이 모여 있었다. 영어로 대화하는 소리가 밖으로 들렸다. 덕만과 나는 큰 유리창 안을 흘깃거렸다. 외국인들이 눈에 띄었다. 뻘쭘해서 차마 안으로 들어가지 못하고 밖에서 서성였다. 동남아 학생들을 만나면 퉁을 아느냐고 물어보겠는데…… 덕만은 서울에서 김 서방 찾기라며, 그만 가자고 성화였다. 나는 분수 앞 벤치에 앉아 학교에 전화했다. 학교 측에서는 알아보겠다고 했지만, 학과도 학년도 모르고, 단순히 그 학교에 다니는 베트남 학생이라는 정보만으로는 찾기가 어려울 것 같다고 했다. 이런 상황이 오리라 생각도 못 했다. 과학 수재들이 모이는 대학교의 대학원생이라는 것만으로 신뢰했을 뿐, 학생증조차 확인하지 못한 것이 불찰이었다. 덕만이 말했다. 경찰을 불러서 문을 열고 들어가자. 사람이 죽었는지도 모르잖아. 나는 몇 달 동안 발견되지 못한 채 원룸에서 고독사한 사건들을 뉴스에서 본 게 생각났다. 우리 집에서? 설마? 생각만 해도 몸서리가 났다. 우리 집에서는 절대 그런 일이 일어나지 않을 것 같다는 안일한 생각이 더 컸다. 퉁을 조금 더 기다려 보자. 괜히 건드려 화를 자초하지 말자. 그날의 기억에서 빠져나왔을 때 마지못해 306호에 온 덕만은 짜증을 냈다.

도배한 지 얼마나 됐다고 또 도배해.

하기야 경우 씨가 나간 후 도배했으니 일 년도 채 되지 않았을 터였다. 도배사에게 맡기면 비용이 306호 월세의 반 이상 들 것이다. 퉁에게 월세를 제대로 받지 못했으니 수입은 완전 마이너스였다.

그럼, 도배사를 부르지 말고 우리가 하면 되잖아.

당신 혼자 해!

덕만은 어깃장을 놓고 뒤돌아서려고 했다.

당신 같으면 곰팡이 핀 데서 살겠어! 사람이 살 수 있는 환경을 만들어 놓고 사람을 들이든지 해야지.

나는 곰팡이가 핀 벽지를 확 뜯었다. 덕만은 현관문을 쾅 닫고 나갔다. 나는 속이 상했다. 남편에게 사랑받고 사는 퉁의 아내가 부러웠다. 바르기 쉽고 보온도 되는 폼 블록 벽지를 인터넷으로 주문한 뒤 혼자 벽지를 뜯었다. 곰팡이가 벽에 수묵화를 그려 놓은 듯했다. 그곳에 락스를 뿌렸다. 락스 냄새에 코와 목이 따끔거렸다. 드라이기로 축축한 벽을 말리고 마른걸레로 닦았다. 그때 전화가 왔다. 숫자가 긴 번호가 휴대폰 화면에 떴다. 보이스 피싱인가? 받지 않았다. 벨 소리가 끊어졌다. 낑낑대며 혼자 책장을 옮기는 중 또 전화가 왔다. 이번에는 070으로 시작하는 번호였다. 여론 조사 번호일 것 같아서 받지 않으려다, 연속해서 전화가 오니 혹시 퉁일지 모른다는 예감이 들어서 전화를 받았다. 뜻밖에 퉁의 멘토였다.

퉁은 어디 있어요? 왜 연락이 안 돼요? 학교에 찾아갔어요. 당신한테도 전화를 여러 번 했는데 왜 안 받는거죠?

나는 따발총처럼 말을 빠르게 쏟아 냈다. 그동안의 고충을 설명했다.

나도 피해자라고요. 그 새끼가 내 돈 갖고 날랐어요. 짝퉁 물건 들여오다…… 세관에 걸려서 감방에 들어갔는데…… 출소했다고 …… 학생, 아니에요.

예에, 학생이 아니라고요! 근데 왜 학생이라고 했어요?

G대학교 대학원생이라니까 근처 원룸 주인들이 좋아하더라고요. 그래서 연극 좀 했어요.

두 사람은 동업자인데 퉁의 아내는 베트남 사람이며, 베트남에서도 중국에서도 가방 장사한다고 했다. 그 새끼도 짠한 놈이요. 나는 한 번도 안 한 결혼을 그

새끼는 두 번이나 했으니, 아니 세 번이지, 결혼을 아주 잘한 대가로 제대로 먹지도 못하고 돈 벌어서 죄다 처가에 꼬라박는단 말이오.

툭의 멘토는 질투인지 비아냥인지 모르지만, 툭에 관한 이야기를 풀어놓았다. 툭은 첫사랑 여자와 일찍 사실혼 관계에 있다가 헤어졌다. 두 번째 결혼에서는 여자가 죽었다. 그후 베트남에서 지금의 세 번째 아내를 만나 다시 결혼했다. 첫 여자와 두 번째 여자 사이에 각각 아들이 한 명씩 있는데, 그 아들을 지금의 베트남 아내가 키우고 있다. 툭이 베트남에 돈을 부쳐 주지 않으면 처가에서 그 아이들을 학대한다고, 그래서 툭은 제 몸이 부서져라, 일해서 번 돈을 베트남에 부쳐 준다고.

덧붙여서 그는 툭에게 연락이 오면 자기에게 꼭 연락해 달라고 힘주어 말했다. 그 새끼 잡으모 내가 죽이삔다고 하세요. 내내 서울말을 쓰던 그의 말투에 은연중 경상도 사투리 억양이 튀어나왔다. 경상도 사람이 서울 사람인 척한 모양이었다. 이 인간도 유행가 가사처럼 짜가인가 싶었다. 툭 잡는데 동업하게 생겼네.

툭은 한국 사람이면서 베트남 사람이라고 속인 건

가? 어째 좀 이상하다 생각했다. 어디까지 나를 능멸하려는가. 그러니까 단속을 피해 이 나라 저 나라 떠돌아다니며 장사했고, 그렇게 온 곳이 한국일지 몰랐다. 퉁은 제 자식이 처가에 볼모로 잡혀 있는 꼴이었고, 처가에 등쳐 먹힘을 당하는 거겠지. 한편으론 자식을 지키기 위해 혼자서 견디고 책임지며 살아온 그 삶이 얼마나 외로웠을까. 덕만이 본 모습이 사실인지 모르겠다.

덕만은 대구에서 퉁을 봤다고 떠들어 댔다. 덕만의 말에 의하면 대구은행 앞 노점에서 퉁이 가방을 펼쳐 놓고 팔고 있었다. 행인들이 흘깃 가방을 쳐다보고 지나갈 뿐, 만져 보거나 사는 사람이 없었다. 파리만 날리는데, 어쩌다가 은행에서 나온 중년 부인이 쪼그려 앉아서 가방을 만지작거렸다. 퉁이 먹던 베트남 국수를 바닥에 놓아두고 일어났다. 그 중년 부인에게 이 가방 저 가방을 권하며 팔기 위해 최선을 다하는 것 같았다. 중년 부인은 가격을 물어보고 가방을 손에 들거나 어깨에 메어 보기도 했다. 살 것 같더니 그만 일어나서 가 버렸다. 퉁은 맥이 빠진 듯 중년 부인이 사라진 모습을 멀거니 쳐다보았다. 퉁이 아까 먹던 다 퍼진 국수를 다시 먹는 중 세찬 바람이 불어와 가로수의 낙엽이 국수

안으로 빠졌다. 퉁은 아랑곳하지 않고 젓가락으로 낙엽을 건져 내고서 먹더란다. 옆 노상 카페에서 일행들과 커피를 마시던 덕만이 그 모습을 지켜보며 자신도 모르게 저런, 소리가 입에서 새어 나왔다고 했다. 퉁에게 줄 따뜻한 커피와 빵을 들고 자리에서 일어나는데 그때 단속반이 나왔다. 물건을 치우라고, 그러지 않으면 과태료를 끊겠다고, 윽박질렀다. 한 번만 봐 달라고 퉁은 사정했다. 가방을 주섬주섬 담는 모습을 보고 덕만은 일행들과 자리를 떴다, 했다. 그 상황에 다가가서 아는 척했더라면 퉁이 쪽팔려서 더 난처했을 거라고 말했다. 그 말을 듣고 나는 당신이 잘못 봤을 거라고, 퉁과 인상이 비슷한 사람일 거라고 말했다. 덕만은 또 퉁이 한국말을 유창하게 잘하더라고 했다. 나는 퉁이 한국말을 유창하게 못하니 그 사람은 퉁이 아닐 거라고 했다. 그날 저녁에 집 앞에서 오랜만에 퉁을 만났다. 어디 갔다 오세요? 학교 갔다 온다고 퉁은 대답했다. 나는 덕만에게 말했다. 그 봐라 당신이 잘못 본 거다. 퉁을 만났더니 학교에서 오는 길이라고 하더라. 덕만은 고개를 갸웃거렸다.

주문한 폼 블록 벽지가 도착했다. 도배하면 덕만이

좋아하는 대패 삼겹살에 소주 한잔 사 준다고 꼬드겼다. 우리는 306호로 내려가 도배를 시작했다. 덕만이 자로 벽의 치수를 재었다. 그 치수를 벽지에 연필로 표시한 후 칼로 벽지를 잘랐다. 덕만이 벽지를 잡고 위에서 아래로 붙이면 나는 시트지를 떼었다. 벽지가 잘 붙을 수 있도록 덕만이 손으로 툭툭 두드렸다. 그다음 콘센트 덮개를 떼어 낸 후 벽지를 붙였다. 콘센트를 덮은 벽지를 칼로 오려서 잘랐다. 가려진 콘센트가 드러났다. 모서리에 무딘 칼날로 자르고 바른 벽지는 비뚤비뚤 거칠었다. 덕만이 펜치로 무딘 칼날을 잘랐다. 세입자를 내보낼 때도 무딘 칼날을 자르듯이 단숨에 깔끔히 해결해야 할 텐데. 어렵게 도배를 마쳤다. 기술자가 아니라 약간 매끄럽지 못한 데가 있어도 둘이서 손발 맞춰 한 일이라 뿌듯했다.

방이 예전보다 넓고 환해졌다. 나는 흰 폼 블록 벽지를 새로 바른 방 안을 둘러보았다. 흰 벽지 속에 검은 곰팡이가 숨어 있는 걸 다른 사람은 알까. 우리는 어디까지 위장하며 살까. 곰팡이는 그 방에 사는 사람들의 각질과 체취, 눈물과 한숨과 분노 등 부정적인 것을 먹고 사는지 모른다.

청소를 마치고 근처에 새로 문을 연 첨단 부동산에 방을 냈다. 며칠 후 중개사에게서 전화가 왔다. 첨단 병원 간호사가 306호에 입주하고 싶어 한다며 계약금으로 삼십만 원을 입금한다고, 계약서는 입주 때 쓸 것이라 했다. 나는 골치 아픈 숙제를 끝낸 듯 마음이 가벼웠다. 그런데 한 시간 지나 믿음 부동산에서도 직장인 남자가 방을 구한다는 전화가 왔다. 어쩔 수 없었다. 하나는 놓치는 수밖에. 행운은 보통 사람에게는 한꺼번에 찾아와서 결정 장애로 고민하게 한다.

보름 후 첨단 병원 간호사인 새 임차인이 들어왔다. 나는 그 간호사가 306호에 오랫동안 살기를 바랐다. 그녀가 입주하고 열흘쯤 지났을까. 어떤 남자가 자꾸 벨을 누르고 문을 차고 키 번호를 누른다고 간호사는 겁에 질린 목소리로 전화했다. 덕만도 집에 없는데 나 혼자 306호로 내려가려니 약간 두려웠다. 306호 앞에는 웬 남자가 서 있었다.

퉁이 나타났다. 인사를 꾸벅한 퉁은 문이 안 열린다고 한국말로 말했다. 나는 다른 세입자가 들어왔다, 했다. 퉁은 내 약점을 잡았다는 듯이 윽박질렀다.

방 안에 버젓이 소지품이 있는데 집주인 마음대로

처분해도 되는 거요! 이건 주거 침입이요!

긴 문장의 한국어가 유창했다.

겁에 질린 간호사가 문을 열고 밖으로 나왔다. 나는 괜찮다고 걱정하지 말라고 간호사를 다독였다. 왁자한 큰소리에 세입자들이 문을 열고 쳐다보았다. 아마 소리가 건물 전체 울려서 각 층의 세입자들이 귀를 쫑긋거리며 듣고 있을지 몰랐다. 하, 내 참, 이건 적반하장도 아니고, 소리를 질러서 영업을 방해하려고 하다니. 목소리 큰 놈이 이기는 줄 아는 모양인데 그건 20세기 수법이고, 21세기에는 논리적으로 설득하며 차분히 말하는 사람이 승리한다는 걸 한 수 가르쳐 줘야겠다, 생각했다.

퉁 씨, 아무리 전화해도 연락이 안 되고, 문자메시지와 카톡을 여러 번 보냈고, 현관문에 안내장도 붙여 놓았어요. 학교에 찾아가니 그런 학생 없다고 했어요. 밀린 월세를 보증금에서 싹 다 제하고도 다섯 달 치가 밀렸어요. 그리고 안 낸 전기세, 가스세도 제가 냈고요. 나는 휴대폰에 저장한 영수증 사진을 찾아 보여 주었다. 가방은 집에 보관하고 있으니 가져다드릴게요.

집으로 올라가면서 외출한 덕만에게 퉁이 왔으니

빨리 집으로 오라고 전화했다. 엘리베이터 안에서 생각하니 가방을 사용했다고 트집을 잡으면 어떡할지 걱정이 되었다. 그 가방은 수영장 갈 때도, 구두 수선하는 최고봉 씨를 만나러 갈 때도 뽐내듯이 로고가 보이도록 들고 갔다. 옷장 안에 든 가방을 찾아서 퉁에게 내밀었다. 퉁이 가방을 찬찬히 살펴보더니 느물거리며 말했다.

가방을 썼네. 완전 새것이었는데 여기 손잡이에 얼룩졌잖아. 이 가방이 얼마짜리인 줄 알아요? 아줌마는 평생 살아도 이런 가방 못 살걸?

가방 속을 뒤져 본다면 옷은 버렸다고 말하려고 했다. 내용물을 확인하지 않아 다행이었다. 퉁은 내가 가방을 들고 다녔다고 퉁치는 모양인데 증거가 없으니 딱 잡아떼려고 했다. 나는 침착하게 되받아쳤다.

계약서에 임차인이 2개월 이상 월세 미지급 또는 연락이 두절 되었을 시 임대인은 계약을 해지할 수 있고, 가구 일체를 임대인 임의로 처분할 수 있고, 제삼자에게 양도할 수 있으며, 민형사상의 이의를 제기하지 않고 퇴실하여야 한다, 되어 있어요, 아시겠어요!

하, 집주인이라고 세입자 물건을 마음대로 없애도

되는 거요!

CCTV 보니까 연락은 안 되면서 306호에 들락거렸던데요. 그렇게 되면 형사 고발을 할 수 있는 건 아시죠?

CCTV에 잡히지는 않았으나 나는 지지 않으려고 퉁의 약점을 잡아 맞받아쳤다.

형사 고발 좋아하시네. 그럼 나도 고소해야겠네!

퉁은 소리를 지르며 306호 문을 발로 걷어찼다. 행패를 부려 이득을 취하려는 꼼수가 보였다. 감방에도 갔다 왔다는데, 같이 맞서다가는 뉴스에서 본 흉악범처럼 갑자기 어떤 흉포한 짓을 저지를지 몰라서 속으로 두렵기도 했다. 그리고 덕만이 평소에 강조하는 말도 떠올랐다. 적을 두지 마라. 그러면 해코지당한다.

퉁 같은 경우의 임차인에게는 내용 증명을 보내거나 명도 소송을 통해서 강제 퇴거시킬 수 있으며, 공시 송달을 하는 등 법적인 절차를 밟을 수 있다. 나는 그렇게 모질게는 하고 싶지 않았다. 더구나 강제 퇴거 민사 소송과 명도 소송 절차는 오래 걸려서 임대인에게 불리하다.

서로 고소해 봐야 좋을 게 없으니 좋게 타협하는 게

어때요? 그게 서로 이익일 텐데.

나는 꼬리를 내리며 한 발 뒤로 물러섰다. 퉁은 미간을 모으고 뭔가 궁리하는 눈치였다.

여기서 이럴 게 아니라 저기 카페에 가서 이야기합시다.

나는 퉁을 건물 밖으로 유인했다.

퉁도 한풀 누그러들었는지 입을 열었다.

내가 돈은 없고, 아줌마한테 줄 돈이 있으니까 가방으로 퉁칩시다. 이거 백화점에서 사면 칠백만 원 줘야 하는데, 오백에 끊읍시다. 나도 손해 보고 갖고 온 가격으로 싸게 해 준 거요.

하, 입에 침도 안 바르고 오백만 원을 요구하다니. 오백만 원이 누구네 집 고양이 이름인 줄 아나? 만 원권 지폐에 새겨진 세종대왕이 같잖다고 웃을 일이다.

새것도 아니고 중고를 그것도 짝퉁을…… 당신 멘토한테서 다 들었어요.

맞아요. 나 먹고살려고 짝퉁 장사했어요. 그래도 내 것은 짝퉁 안 해요. 이거 우리 와이프 주려고 했는데 상황이 안 좋아서…….

퉁이 죽고 못 사는 제 마누라에게는 진품을 주겠지

싫었다.

이거 진짜 짝퉁 아니죠?

이 아줌마가 속고만 살았나? 네임 카드가 여기 어디 있을 거요. 퉁은 가방 속에서 네임 카드를 내밀었다. 이제 믿으시겠어요?

네임 카드를 확인하니 조금 안심이 되었다. 그런데도 나는 가방을 그 돈 주고 사고 싶지 않았다. 그렇다고 퉁에게서 밀린 방세와 공과금 비용이 나올 것 같지는 않았다. 어쩔 수 없이 울며 겨자 먹기로 떠안을 수밖에.

사백이십만 원 합시다. 그렇게 하고 싶으면 하고 안 되면 말고.

나는 배짱을 퉁겼다. 내가 누군가? 깎는데 고수다. 사백만 원으로 하면 좋겠지만 퉁이 그 가격은 안 된다고 할 것이니까.

냉철히 생각해 보았다. 법적으로 해결해서 좋을 일도 없고, 덩달아 세입자들이 나간다고 하면 그 또한 내가 손해고, 소문나면 건물의 이미지도 좋지 않을 것이다. 적당한 선에서 마무리를 짓는 게 유리하리라 판단했다.

퉁은 사백오십만 원을 달라고 했다. 나는 기어이 이

십만 원을 더 깎아서 사백삼십만 원에 낙찰했다. 퉁은
자기가 손해 본 것 같다고, 내가 싸게 잘 샀다고 자꾸 강
조했다. 사백삼십만 원에서 밀린 월세와 전기 요금, 가
스 요금을 제하고 백오십만 원을 퉁에게 줘야 할 것 같
았다. 그 자리에서 나는 백오십만 원을 송금했다. 퉁이
가방을 내게 돌려주었다. 소지품은 버려도 된다고 말
했다.

외출한 덕만이 왔다. 경찰에 신고하든 법대로 하든
마음대로 하시오. 나는 덕만에게 조용히 하라고 옆구리
를 질벅거렸다. 퉁이 덕만이 입은 나이키 셔츠를 흘깃
쳐다보았다. 가방 속의 셔츠인 줄 퉁이 알아볼까 봐 나
는 속으로 찔끔 놀랐다. 만약 퉁이 셔츠는 어떡했느냐
고 묻는다면 그건 버렸고, 이건 샀다고 말할 참이었다.
덕만은 신경 쓸 것 없다며 내 손을 잡고 집으로 갔다.

백화점에서 동창 모임이 있어 루이뷔통 가방을 들
고 갔다. 진품인 명품 가방을 드니 자존감마저 높아진
듯했다. 동창 중 누군가 종종 명품 가방을 들고 와서 자
랑하기에 눈꼴이 셨다. 나는 남편이 유럽 여행 가서 내
생일 선물로 사 왔다고 자랑했다. 동창들이 가방을 이
리저리 살펴봤다. 가방이 좀 크네. 아니 요즈음 다시 큰

가방이 유행이라잖아. 저희끼리 야단법석이었다. 나는 명품 가방 턱으로 커피를 샀다. 누군가 가방 안쪽을 살피더니 네임 카드를 찾았다. 나는 네임 카드를 꺼내어 보여 주었다. 네임 카드를 살피던 동창이, 글자의 인쇄도 조잡하고 제품 일련번호가 없어. 가방 안쪽의 박음질도 이상해. 그 말이 떨어지자마자 동창들은 어디 보자며 다시 너도, 나도 가방을 샅샅이 살폈다. 이거 짝퉁 아냐? 그래, 요즘 짝퉁도 원체 잘 만드니까, 다들 고개를 끄덕이거나 비웃듯 피식 웃었다. 나는 등에서 식은땀이 났다. 동창들이 들고 있던 가방을 싹 낚아채 품에 안았다. 짝퉁 아니라고! 소리쳤다. 눈물이 쏟아질 것 같아서 나는 자리에서 일어났다. 백화점 문을 나서며 중얼거렸다. 너희는 짝퉁 아니냐! 짝퉁에도 등급이 있어, 그래도 나는 SA급 짝퉁이야.

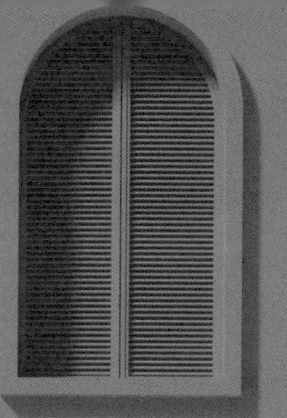
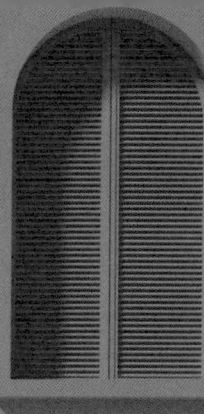

곁에 가만히 있어도 위로가 되는*

* 발표 지면『온빛소설문학』16호

*

이럴 줄 알았다. 덕만은 식은땀을 흘리며 창자가 꼬이는 것 같다고 한 손으로 배를 움켜쥐었다. 소화도 안 되면서 뭐 하러 굳이 그 전화를 받고 길을 떠난 것일까. 시원한 바람이라도 쐬면 좀 나아질까 봐 나는 차창을 조금 열었다. 눈앞에 보이는 것은 논밭과 저 멀리 떨어진 주택뿐. 근처에 화장실이 있을 건물은 없었다. 은행 옆을 지나며 얼핏 보았던 식당이 생각났다. 아까 은행 옆에 식당이 있었어. 거기로 가 봅시다. 반대편에서 차가 오는지 고개를 빼고 살폈다. 덕만이 차를 돌렸다. 키이익 바퀴가 날카로운 소리를 질렀다. 덕만이 이렇

게 속력을 낸 적이 있을까. 나는 손잡이를 꽉 잡았다. 내
비게이션이 경로를 이탈했습니다. 경로를 이탈했습니
다, 되풀이했다. 덕만이 내비게이션을 껐다. 사십 년을
부부로 사는 아내 말은 듣기 싫은 잔소리이고, 내비게
이션 여자 말은 귀에 착착 감기는 성경의 말씀으로 새
겨듣더니 오늘은 웬일인지 내비게이션을 무시하고 내
말에 고분고분했다.

　내가 앞서서 식당 문을 열었다. 저기요, 너무 급해
서 그러는데 화장실 좀 사용할 수 있을까요? 주인이 흔
쾌히 승낙했다. 내 뒤에서 쭈뼛거리며 서 있던 덕만이
식당 안으로 급히 들어갔다. 주인이 덕만을 화장실로
안내했다. 그사이 나는 식당을 둘러보았다. 식탁이 드
문드문 거리를 두고 놓여 있었다. 규모는 작지만 깔끔
했다. 벽시계는 열 시 삼십 분을 가리키고 있었다. 식사
시간 전이어서인지, 코로나 때문인지 식당에는 손님
이 아무도 없었다. 다음에 여기 와서 식사할게요, 내가
주인에게 말했다. 괜찮다고 주인이 응답했다. 흰 벽에
메뉴판이 붙어 있었다. 다슬기 수제비, 다슬기 회무침,
다슬기탕, 다슬기 해물파전. 주인이 괜찮다고 말했지
만, 빈손으로 나간다면 가고 난 뒤 마수걸이부터 화장

실이나 찾는 손님이라고, 재수가 없다고 가게 앞에 소금을 뿌릴지도 몰랐다. 다슬기 해물파전 되나요? 하나 포장해 주세요. 울며 겨자 먹기로 샀다. 화장실 사용료로 15,000원이 들었다. 상기와 얽이면 번번이 이런 식이었다.

엊저녁에 먹고 남은 삼겹살을 아침에 구워 먹은 탓에 복통이 났을까. 덕만은 아침부터 무슨 삼겹살이냐고, 투덜거렸다. 그럼 아까운데 남은 걸 버리냐, 저녁에 당신 좋아하는 쑥국 끓여 줄게, 다독였다. 덕만이 삼겹살을 두 번 입에 욱여넣었을 때 전화가 왔다. 덕만은 말을 제대로 못 하고 응, 응, 대답만 했다. 전화기 밖으로 새어 나오는 목소리가 낯익어서 나는 고개를 갸우뚱거렸다. 덕만이 나를 흘깃 쳐다보더니 입안의 것을 삼키고는 알았어, 라고 말했다.

급히 갈 데가 있어.

어디 가는데? 303호 청소해야지. 낼 입주할 건데.

갔다 와서 나중에 해.

나중에 언제? 어디 가는데 그래요?

자꾸 캐물어도 덕만은 말을 하지 않았다. 삼겹살 한 점을 급히 욱여넣고 자리에서 일어났다.

상기지! 귀신을 속이소. 전화 올 때가 됐는데 어째 요즘 조용하다 했네.

나는 상기가 전화하면 신경이 곤두섰다.

상기를 처음 만난 건 결혼식 사흘 전이었다. 덕만은 결혼식 때 사회를 맡을 친구에게 인사하러 가자고 했다. 상기는 충장로에 있는 음악다방의 디제이로 활동하고 있었다. 덕만이 디제이 박스 유리 벽을 손가락으로 톡톡 두드렸다. 상기는 디제이 박스 한가운데서 헤드셋을 쓰고 선율에 따라 드럼을 치고 있었다. 그 모습을 보고 홀에서 여자들이 환호성을 질렀다. 상기가 드럼 치는 걸 보고 껌뻑 죽는 여자들이 늘어섰는데 정작 본인은 여자들에게 전혀 관심이 없다고, 덕만이 살짝 귀띔했다. 상기가 헤드셋을 벗고 밖으로 나왔다. 구레나룻 수염이 멋스러웠고 말할 때마다 양쪽 볼에 보조개가 쏙 들어갔다. 외모가 여자깨나 울리게 생겼다고 나는 생각했다. 상기는 현우도 오기로 했다며 잠시 기다리라고 했다. 세 사람은 어릴 적 한동네에서 자랐다. 덕만은 갓난아기 때 아파서 출생 신고를 늦게 해 상기보다 두 살이 많았다. 초등학교부터 고등학교까지는 상기와 같이 다녔다. 듣고 싶은 곡이 있어요? 상기가 내게 물었다. 글쎄요? 하고 나는 머뭇거렸다. 상기가 디제이 박스로 들어가 〈키샤스 키샤스 키샤스〉를 틀었다. 키샤스, 하고 가수가 반복할 때마다 키스하라고 부추기는 것처럼 들린다고, 덕만과 키스해 봤냐? 전혀 결례가 아니라는 듯 아무렇지 않은 표정으로 물었다. 나는 어쩔 줄 몰라 얼굴이 빨개졌다. 덕만은 내 눈치를 살피며 당혹스러워했다. 한참을 기다려도 현우가 나타나지 않아 그만 자리에서 일어났었다.

상기가 뭔 일이 있는가…… 급히 구례 하나로 마트로 오라고 하네.

좋게 말할 때 가지 마소. 상기 만나서 좋을 일이 없어.

좋은 일이 있을 수도 있지. 무슨 일인지도 모르면서 왜 그런가.

때리는 시어머니보다 말리는 시누이가 더 밉다고, 상기 말만 하면 눈에 쌍심지를 켜고 편을 드는 덕만이 나는 더 얄미웠다.

우리 집 근처에 리스본 원룸 건물을 지을 때였다. 덕만은 빈둥거리며 놀고 있는 상기를 현장 소장으로 소개했다. 리스본을 지을 동안 상기를 우리 집 201호에 보증금도 없이, 원래 사십만 원짜리 월세를 십만 원 싸게 해 주었다. 한마디 상의도 없이 상기에게 혜택을 준 거였다. 내게 물어보면 틀림없이 안 된다 할 것 같아 자신이 결정했다고 말했다.

덕만은 상기를 위해 목수와 설비업자, 전기업자와 잡역부도 알선해 주었다. 상기는 몇 달 동안 착실히 일하는 것 같았다. 그러던 어느 날 아침, 원룸에서 현관문을 두드리는 소리가 요란하게 났다. 몇 호인지 찾아 나섰다. 201호 앞에 작업복을 입은 낯선 인부가 서 있었다. 상기가 현장에 나오지 않고 전화를 받지 않는다는 거였다. 술을 마시고 깊이 잠들어 못 일어난 것이리라 생각했다. 마스터키로 201호를 열었다. 생수병과 쓰레기가 담긴 라면 상자가 현관 입구를 막고 있었다. 상자를 한쪽으로 치우고 방으로 들어갔다. 방바닥에는 빈 소주병이 뒹굴고, 침대에는 사람이 없었다. 인부가 화장실 문을 열었다. 화장실에도 없었다. 혹시 밖으로 뛰어내렸을까. 갑자기 불안했다. 창을 열고 밖을 내다보았다. 없었다. 상기를 찾는 전화가 덕만에게도 빗발쳤다. 일주일쯤 지나서 상기가 덕만에게 전화했다. 리스본 집주인이 맨날 와서 입 나팔을 불어 대길래 성질나서 빠이빠이 했소. 너는 어째 한군데 붙어 있지를 못하냐. 그러면 너 이미지에 안 좋아. 예전에도 덕만이 아파트 짓는 회사를 소개해 주었으나 상기는 번번이 중도에 그만두곤 했다.

상기는 두 달 치 방세가 밀려 있었고, 가스비는 한 번도 내지 않았다. 전기세는 석 달이 미납되어 차단되기 직전이었다. 나는 상기에게 전화와 문자를 보냈다. 상기 씨 밀린 방세와 전기세, 가스비를 계산해 주시면 감사하겠습니다. 몇 번은 정중히 대했다. 전화도 문자도 받지 않아 화가 났지만 참았다. 내 돈은 재수가 없는 돈이라 얼른 갚는 게 신상에 좋아요, 카톡을 보냈다. 아무리 전화해도 묵묵부답이었다. 완전히 무시당한 느낌이었다. 덕만은 스트레스로 벌겋게 달아오른 내 얼굴을 쳐다보며 말했다.

얼마 되지 않는 돈 받으려다 스트레스로 병나면 당신만 손해니까 그만 포기하소. 그 돈 있어도 살고 없어도 살어.

난 못 살아. 당신 때문에 이렇게 된 거잖아.

상기가 어릴 때부터 부자라 돈 어려운 줄 모르고 컸는데 스물대여섯 살인가 다 커서 집이 망했으니 버릇이 고쳐지겠는가.

상기 부모님은 성냥 공장 사장이었다. 한창때는 불나듯이 성냥 공장이 호황을 누렸으나 어느 해 건조한 봄, 상기가 담배를 피우다가 무심코 버린 담뱃불이 공장에 옮겨붙었다. 공장을 홀라당 다 태워 먹었다.

그건 지 사정이지.

그만둬, 이러다 싸우겠다.

일은 자신이 벌여 놓고 뒷수습은 내가 하고. 김덕만, 덕을 '만땅' 쌓으면서 살라고 지은 이름이라고 했다. 201호를 계속 공실로 놔둘 수 없었다. 상기가 사용한 가스비와 전기세를 낸 후 마지막 문자를 보냈다. 재수 없는 돈 안 갚고 무탈하기를.

그런 상기를 만나러 가는데 도무지 마음이 놓이지 않았다. 덕만을 혼자 보냈다가는 또 얼마를 날리고 올지 모르는 일이었다. 나는 설거지고 뭐고 그대로 놔둔 채 벌떡 일어났다. 마스크를 챙겨 따라나섰다. 그런데 덕만도 마음이 편치 않았는지 배탈이 나서 설사를 하느라 이 난리 블루스를 춘 거였다.

이 시간이면 수영 강습이 한창일 것이다. 매일 하던 수영을 오늘 못 하니 온몸이 찌뿌둥한 느낌이다. 운동 중독일까. 나는 팔꿈치를 꺾고 팔을 앞으로 쭉 뻗어 허공에 자유형을 했다. 젊어서는 접영 오백 미터를 쉬지 않고 돌아도 가뿐했다. 나이에는 장사가 없다더니, 이 십여 년간 해 오던 수영도 영법 자세가 틀어지고 속도 는 느려졌다.

차의 속도가 점점 느려졌다. 시속 $30km$로 가고 있었 다. 덕만이 운전하는 차를 타 본 사람들은 너나없이 말 했다. 걸어가는 게 빠르겠다. 고속도로에서 $50km$로 가 다가 속도위반으로 걸린 적도 있었다. 천천히 느리게 덕만의 운전 습관이었다. 덕만은 이제 뱃속이 고자누 룩한지 표정이 편안해 보였다. 빨리 좀 갑시다. 평소라 면 운전하는데 곁에서 잔소리한다고 버럭 화를 낼 텐 데 웬일인지 속도를 올렸다.

아까 식당에서 등심 3인분 시킬 건데 메뉴가 없더 라고.

덕만이 피식 웃었다. 등심 3인분은 상기의 별명이 었다.

덕만이 K대학교 공사에 현장 소장으로 있을 때였 다. 이 층 타설하는 날이라 무척 바빴다. 저녁에 협력 업 체 직원이 찾아온다고 연락이 왔다. 덕만이 몇 번 사양 했으나 자꾸 연락하는 바람에 어쩔 수 없었다. 마침 상기가 사무실에 와 있었다. 빈둥거리며 놀던 상기는 수시로 덕만의 현장에 와서 시간을 보냈다. 협력 업체 직원이 사무실 문을 열고 들어섰다. 회사 유니폼 점퍼를 입고 있던 상기가 먼저 나서서 악수했다. 직함이 어떻게 되시느냐고, 협력 업체 직원이 물었다. 곁다리죠, 상기는 머리를 긁적였다. 아, 직원인 줄 알고…….

　그날 저녁, 상기는 직원들과 어울려 근처 식당에 먼저 자리를 차지하고 앉았다. 협력 업체가 대접하는 자리라 덕만은 부담을 주지 않으려고 간단히 삼겹살에 소주를 시켰다. 그런데 직원들과 건너편 테이블에 앉은 상기가 행님, 저는 돼지고기 안 먹습니다. 한우만 먹어요, 등심 시켜도 되죠? 혼자 등심 3인분을 시켰다. 난처해진 덕만은 말리지 못하고 인상을 쓰며 상기를 쳐다보았다. 예, 그러세요, 협력 업체 직원이 말했다. 자리를 파하고 집으로 가려는데 상기가 회사 직원들과 협력 업체 직원이 보는 앞에서 행님, 택시비 좀…… 현우 형 만나러 가는데…… 모두 쳐다보고 있는데 안 줄 수도 없고 지갑을 열어 보니 만 원짜리가 없었다. 현우까지 들먹이는데 천 원짜리를 줄 수도 없고, 어쩔 수 없이 비상금으로 넣어 둔 수표를 한 장 꺼내어 주었다. 행님,

고맙습니다, 상기는 꾸벅 인사를 하고 갔다. 덕만은 그때가 생각나면 말했다. 진짜 학을 떼겠더라고. 그다음부터 현장에서는 식사 주문할 때 여기, 등심 3인분, 하며 웃곤 했다.

학교 일할 때가 호시절이었지. 사실 상기한테 돈 쥐여 주는 재미가 쏠쏠했어. 어깨에 힘도 들어가고 촌놈이 언제 이렇게 변했지 싶고, 내가 대단하다는 느낌이 들고 그랬어.

하나로 마트에 도착했다. 마트 안으로 들어서자 우리를 발견한 상기가 카트 옆에서 손을 번쩍 들어 흔들며 여기요 여기, 큰 소리로 말했다. 상기가 잡은 카트 안에는 쌀이며 과일 상자, 포장한 쇠고기와 닭고기, 샴푸, 양파 등이 가득 들어 있었다. 살림을 새로 차려도 될 것 같았다. 상기 씨, 뭘 이렇게 많이 샀어요? 형수님 이까짓 거야 새 발의 피죠. 사나이 김상기가 마트를 통째로 살 수도 있습니다. 하하, 너스레를 떨며 웃었다. 하기야 남의 집 살림살이 내가 계산해 줄 것도 아닌데, 속으로 중얼거렸다. 상기는 뭐가 좋은지 입을 다물지 못하고 연신 웃고 있었다. 그러고 보니 상기는 항상 웃는 얼굴이었고 매사 낙천적이었다. 카트 안에 샤인 머스캣이 보였다.

며칠 전 동네 마트에 갔을 때였다. 진열대에 샤인 머스캣이 놓여 있었다. 덕만이 샤인 머스캣을 집어 들었다. 가격표를 보았다. 한 송이에 이만 삼천 원. 나는 샤인 머스캣을 도로 진열대에 올려놓았다. 식탐이 많은 덕만은 먹고 싶은 것도 마음대로 못 먹게 한다며 삐져서 저만치 앞서갔다. 나는 며칠 지난 물건을 싸게 파는 진열대에서 이천오백 원 하는 바나나를 개중 좋은 것으로 골라서 샀다. 덕만이 한우 판매대 앞에 멈추어 있었다. 곁에 다가가자 덕만은 저녁에 오랜만에 고기를 먹자며 한우 등심 두 팩을 카트에 담으려고 했다. 등심을 보기만 해도 침이 꼴깍 넘어갔다. 가격을 확인하고 비싸서 뒤로 나자빠질 뻔했다. 낼모레 재산세 내야 하니 다음에 먹자, 등심 팩을 내려놓았다. 덕만의 얼굴이 붉게 변했다. 화가 단단히 난 것 같았다. 나는 모른 척하며 덕만을 냉동 수입 고기 진열대로 데리고 갔다. 당신 대패 삼겹살 좋아하잖아. 나는 덕만을 쳐다보며 배시시 웃었다. 결혼 후 월세방에서 살림을 시작했다. 악착같이 절약하며 돈을 모았다. 그 습관이 몸에 배어 버렸는지 모르겠다.

계산원이 바코드를 찍자 상기는 앞으로 가서 재빨리 물건을 도로 카트에 담았다. 계산원이 가격을 말하는데도 상기는 모른 척 엉뚱한 곳을 쳐다보았다. 계산원이 재차 가격을 말하며 계산을 종용했다. 뒤에서 기다리던 사람들이 빨리하라며 눈치를 주었다. 그제야 상기가 지갑에서 카드를 찾는 척 뒤적거렸다. 어, 카드가 어디 갔지. 호주머니를 다 뒤졌지만, 카드는 나오지 않았다. 별수 없이 덕만이 카드를 꺼내어 계산했다. 입꼬리가 축 처진 덕만의 모습이 기분이 좋아 보이지 않았다. 주차장으로 향했다. 제주도에서도 이런 기분이었을까.

덕만이 제주도에 골프를 치러 갔을 때였다. 제주도에 오면 꼭 연락하라고, 보고 싶다는 상기의 성화에 못 이겨 덕만은 라운딩을 끝내고 전화했다. 행님 제가 잘 모시겠습니다, 상기는 쏜살같이 달려왔다. 여덟 명의 일행을 이끌고 식당으로 갔다. 이 집은 다금바리와 돔 맛집이에요, 다금바리와 돔회를 먼저 시켰다. 그리고 자연산 해삼과 멍게, 성게 등 상기는 술도 푸짐하게 시켰다. 덕만은 내심 상기가 웬일로 돈이 생겨서 밥값을 내려는가 생각했다. 처음 보는 사람들인데도 상기는 특유의 친화력으로 형님, 동생 하며 유머로 분위기를 띄웠다. 상기가 술잔을 들고 일어났다. 우리 행님이 이 집미더, 엄지를 들어 보이며 덕만을 추켜세웠다. 덕만을 위해 건배 제의를 했다. 덕만은 어깨가 으쓱했다. 다들 기분 좋게 술에 취하고 자리가 마무리되어 일어났다. 화장실에 들렀다 나오는데 손님 계산 안 하셨는데요, 종업원이 말했다. 덕만이 일행들을 찾아 눈으로 홀을 쓱 훑어보자 모두 나가고 없었다. 할 수 없이 덕만이 카드를 내밀었다. 예상보다 많은 금액에 목덜미에서 혈압이 올라왔다. 상기는 어느새 주차장에서 이쑤시개를 입에 문 채 서 있었다. 한쪽에서 덕만에게 담배를 권했다. 행님 이십만 원만 빌려주세요. 덕만은 지갑에서 돈을 꺼내어 줬다. 그때 덕만은 카드를 분실해 내 카드를 갖고 갔다. 휴대폰에 카드 사용 금액이 찍힌 걸 보고 깜짝 놀랐다. 제주도를 통째로 삼켰나? 생각했다. 상기가 뭔 돈이 있겠는가. 이혼하고 손녀 돌봐 주며 딸 집에서 얹혀산다는데. 그리고 상기 아는 식당이라고 낙지도 서비스로 많이 줬어, 덕만이 상기를 두둔했다.

덕만이 초등학교 오 학년 땐가 모처럼 집을 방문한 친척이 삼십 원인가 오십 원인가 용돈을 주었다고 했다. 덕만은 돈을 모아서 전과를 사려고 마음먹었다. 문 방구 앞에서 상기는 기어이 덕만의 호주머니를 뒤져 서 그 돈으로 붕어빵을 사 먹자고 졸랐다. 덕만은 상기의 성화에 못 이겨 돈을 헐었다. 상기는 제 주머니 남의 주머니 구별이 없이 펑펑 돈을 썼다. 집이 망하고도 여전했다.

행님, 트렁크 좀 열어 보세요. 상기가 카트에 담긴 짐을 제 것인 양 트렁크 안에 넣었다. 덕만이 트렁크에 들어 있던 골프 가방을 옆으로 옮겨 자리를 좀 더 넓게 만들었다. 그런데도 짐이 다 들어가지 않았다. 상기가 상자 하나를 뒷좌석에 넣었다. 상자 밖으로 파가 비죽이 나왔다. 차 안이 지저분한 것을 싫어하는 덕만이 인상을 찌푸렸다. 제 차는 놓아두고 뭐한 짓인가 해서 보다 못해 내가 말했다.

상기 씨 차는 어디 있어요?

누가 읍내 간다길래 그 차에 곁다리 걸치고 왔죠, 하하.

짐을 다 실은 상기는 조수석에 앉아 창을 내렸다. 아이고 인자 돈 쓰는 것도 힘드네. 아따 행님은 아직도 팔팔하요. 엉덩이도 빵빵하고 다리통도 단단한 것 보니 형수님이 겁나 좋아하겠소, 상기가 덕만의 허벅지를 만지며 느자구없이 말했다. 나는 별수 없이 뒷좌석에 앉았다. 상기가 내비게이션에 주소를 입력했다. 구례군 간전면 남도대교길. 나는 몸을 앞으로 빼고 상기가 입력하는 주소를 읽었다. 행님, 내비 따라가면 돼요, 상기는 마스크를 벗고 말했다. 나는 코를 눌러 마스크를 단단히 고쳐 썼다.

대체 어디 가냐?

덕만이 물었다.

현우 형 기억하요?

기억하다마다 현우 형을 어떻게 잊어.

얼마 전 구례에 들어와 사는데 병이 들어 시방 다 죽게 생겼소.

덕만은 생각에 잠겼는지 왼손을 창가에 받치고 한 손으로 묵묵히 운전만 했다. 상기는 손바닥으로 허벅지를 두드리며 드럼 박자 연습을 했다. 얼마 전 다시 드럼을 치기 시작했다고 말했다. 나는 심심해서 두 손을 어깨너비만큼 벌리고는 다시 손을 모아 앞으로 쭉 뻗어 평영을 했다.

뒤에서 트럭이 클랙슨을 울렸다. 뒤돌아보니 차가

줄줄이 밀려 있었다. 트럭이 반대 차선으로 앞지르기를 하며 쌩 지나갔다. 열린 창으로 운전사가 뭐라고 욕을 했다. 내 휴대폰이 울렸다. 믿음 부동산이었다. 사모님 공실 있어요? 네, 두 개 있어요. 방세 안 밀리고 잘 내는 사람으로 넣어 주세요. 부탁합니다. 나는 상기가 듣도록 일부러 약간 큰 소리로 말했다. 그리고 몸을 앞으로 내밀어 상기를 슬쩍 쳐다보았다. 상기는 콘솔 박스에서 껌을 꺼내어 씹었다. 검지 두 개로 콘솔 박스를 두드리며 드럼 치는 연습을 하다가 뒤돌아보며 말했다.

아니, 요새도 방세 안 내고 나가는 놈이 있어요! 형수님, 그런 싸가지 없는 놈은 당장 모가지를 쳐야죠.

나는 어이가 없었다.

참, 새로 들어온 206호 구청에 신고했는가?

나는 잊고 있었던 게 갑자기 생각나서 덕만에게 물었다.

아직 안 했는데.

낼 가서 신고하소. 한 달 안에 해야 하니까 잊어버리지 말고.

아이고, 그래도 행님하고 형수님은 임대인 아니요. 하느님 위에 임대인이라잖습니까, 하하.

쳇, 임대인 위에 나라님이 앉아 계신다는 건 알까. 요즈음 임대업자가 세금 때문에 낭패란 걸 알고 있을 거면서도 상기는 이죽거렸다. 얄미웠다. 내 약을 올리면 자신에게 이익될 게 하나도 없는데 말이다. 나는 상기와 상대하느니 차라리 입을 닫았다.

덕만이 은퇴한 후였다. 살던 집을 팔고, 덕만의 퇴직금과 은행에서 주택 담보 대출을 받아서, 그야말로 '영끌'을 해서 상업 지역에 5층 건물을 지었다. 나라에서 임대업을 장려하더니 정권이 바뀌자 부동산 투기꾼으로 몰아세웠다. 재산세와 종부세 폭탄을 퍼붓고 임대차 3법으로 옥죄었다. 덕만은 엘리베이터가 있는 자신의 건물을 짓고 싶어 하던 꿈을 이루었으나, 건물주는 빛 좋은 개살구였다. 임대료를 받아서 각종 세금과 대출 이자를 내야 하므로. 그러니 아직도 돈을 모아야 할 형편이라 샤인 머스캣 하나 마음 놓고 사 먹기 쉽지 않았다. 더구나 근래에는 대출 금리마저 계속 올라 숨통을 죄었다.

덕만과 내가 대꾸를 안 하자 상기가 다시 말문을 열었다.

행님, 나는 집도 절도 없으니 세상에 편하요. 가만

히 앉아서 놀아도 나라에서 노령 연금에 기초 연금까지 따박따박 나오지, 이번에 기초 연금도 오른다고 안 하요? 이렇게 좋은 나라가 어디 있소?

상기는 내 염장을 지르려고 오늘 날을 잡은 걸까. 그 말에 바로 열이 받았다. 내가 낸 세금으로 당신 같은 사람 먹여 살려요! 하는 말이 목구멍까지 차올랐지만 차마 그 말은 내뱉지 못하고 삼켰다.

나는 국민연금도 삭감하더라.

그 말은 안 했으면 좋겠다고 생각하는 차에 덕만이 입을 열었다.

매달 백이삼십만 원씩 타는 국민연금을 소득이 높다고 삭감했다. 형편이 어려울 때도 얄짤없이 월급에서 원천 징수해 갔으니 낸 것은 제대로 줘야 하는 것 아닌가. 나라가 진짜 도둑놈 같았다. 연금이 줄자 자연히 덕만의 용돈도 줄어들었다. 어쩔 수 없이 내게 손을 벌렸다.

니가 부럽다. 니 팔자가 상팔자네.

덕만이 진심으로 상기가 부러워서 하는 말인지 빈정거리는 것인지 나는 감을 잡을 수 없었다.

갑자기 급브레이크를 밟았는지 키이익, 소리를 지

르며 차가 멈췄다. 내 몸이 앞으로 출렁 쏠렸다. 앞차와 부딪혔을 것 같았다. 덕만과 상기가 밖으로 나가서 차를 살폈다. 행님, 밟는 김에 확실하게 밟지 그랬소. 아슬아슬하게 부딪히지는 않았다고 했다. 워낙 조심스럽게 운전하는 사람이라 좀처럼 없던 일이었다.

남도대교로 들어섰다. 양쪽 길가의 벚나무가 우거져 터널 같았다. 벚꽃이 흩날렸다. 4월, 화창한 햇살에 내리는 눈 같았다. 나는 창을 열고 손을 펼쳤다. 손바닥 위로 꽃잎이 떨어졌다.

언젠가 벚꽃 구경을 갔을 때 덕만이 들려주던 이야기가 떠올랐다. 덕만은 벚꽃을 보면 눈물이 난다고 말했다. 웬 감상이냐, 나는 덕만을 놀렸다. 벚꽃을 보면 형이 생각난다고, 나한텐 벚꽃이 아니라 사쿠라, 라고 덕만은 굳은 얼굴로 말했다.

덕만의 형은 오른손 엄지와 검지 사이에 사쿠라, 라고 새긴 문신이 있었다고 했다. 서툰 글씨로 사쿠라, 라고 형이 직접 새긴 문신이었다. 형은 일본 야쿠자에 들어가 사쿠라처럼 한순간 멋지게 살다 죽을 거라고 입버릇처럼 말하곤 했었다. 하지만 야쿠자는 되지 못하고 서방파 깡패가 되었다. 사진으로 본 형은 호리호리한 몸매에 소눈을 닮은 눈망울이 유순해 보였다. 그런데 술만 마시면 시비가 붙고 물건을 부수기 일쑤였다. 돈이 어디서 났는지 모르지만 형은 덕만을 뒷바라지했다. 너는 공부만 하면 된다. 꼭 판검사가 되어야 한다, 등록금과 책값을 주었다. 덕만은 성적표를 받으면 형에게 먼저 보여 주었고 성적이 떨어지면 형에게 맞았다. 맞지 않으려고 공부했다고 말했다.

형은 유흥업소 이권을 차지하기 위해 전주파와 싸우다 칼을 맞고 죽었다. 형 나이 스물다섯이었다. 깡패들 패싸움이 뉴스에 보도되었다. 싸우는 형의 모습이 티브이에 나타났다. 형이 그렇게 죽었다는 걸 학교에서도 알았다. 형이 깡패면 저 새끼는 양아치 아냐. 양아치가 모범생인 척했네. 친구들은 덕만을 쉬쉬 피하더니 따돌리고 상대를 안 했다. 형을 묻을 땅 한 뼘이 없었다. 집 근처, 콩밭 한쪽 귀퉁이 양지바른 곳에 묻었다. 그 콩밭은 가난한 덕만네가 종갓집인 상기네에게 대대로 부쳐 먹던 곳이었다.

학교 갔다 오는 길에 덕만은 매일 형의 무덤을 찾았다. 무덤가에 앉아 멀리 펼쳐진 논밭을 바라보거나 하늘을 쳐다보며 그냥 하염없이 앉아 있었다. 산벚꽃 꽃잎이 바람에 날아와 황토 무덤 위로 난분분 떨어졌다. 그렇게 한참 동안 앉아 있으면 상기가 언제 왔는지 곁에 앉아 있곤 했다. 가끔은 새 문제집을 들고 왔다. 이거 어려워서 못 풀겠더라, 형이 좀 풀어라, 덕만의 책가방에 넣곤 했다. 덕만이 문제집을 사 볼 형편이 안 되는 줄 알고 그랬을 것이다. 그때 모두 날 외면하는데 상기가 곁에 가만히 있는 것만으로도 위로가 되더라고. 그 이야기를 생각하자 상기에게 조금 미안했다. 나는 가방에서 비타민을 꺼내어 상기와 덕만에게 주었다. 상기 씨 코로나에 비타민이 좋대요.

현우 형은 어쩌다 그렇게 됐어?

덕만이 불쑥 물었다.

하는 일마다 꼬인 모양이요. 현장에서 다리 다치고는…… 친구와 고깃집을 차렸는데 동업하던 친구가 돈 갖고 날랐소. 그래도 혼자 힘들게 버티다 아이엠에프가 와서 망했소.

간전면 이정표가 보였다. 차 한 대가 겨우 지나갈 수 있는 길은 시멘트로 포장되어 있었다. 덕만이 속도를 줄였다. 가파른 오르막이었다. 앞쪽 길이 보이지 않았다. 까딱하다 차가 뒤로 미끄러져 곤두박질칠 듯했다. 커브를 돌았다. 내 몸이 덕만이 쪽으로 쏠렸다. 밖을 보니 한쪽은 낭떠러지고 한쪽은 돌담을 쌓아 올린 마당이었다. 낭떠러지로 떨어질 것 같아서 심장이 쪼그라들었다. 손잡이를 꽉 잡았다. 덕만이 액셀러레이터를 세게 밟았다. 웽, 헛바퀴 도는 소리가 들렸다. 덕만이 다시 액셀러레이터를 밟았다. 앞으로 차가 나아갔다. 드디어 내비게이션이 목적지에 도착했습니다, 라고 알렸다.

집은 허름했다. 사람이 살지 않는 버려진 집인 양 마당에는 잡초가 무성했다. 낡은 마루에는 허연 먼지가 수북했다. 오래된 기와지붕 한쪽이 내려앉았고 비가 새는지 그 위에 천막이 씌워져 있었다. 어디서 양파 썩는 냄새가 났다. 나는 코를 움켜쥐었다. 내 앞으로 쥐가 후다닥 지나갔다. 엄마야! 기겁해서 덕만의 뒤에 숨었다. 다리가 후들거렸다. 갑작스럽게 내지른 호들갑에 덕만도 깜짝 놀랐다. 몸을 숙여 트렁크에서 물건을 빼던 상기가 고개를 들고는 형수님, 쥐가 더 놀랐겠소, 하며 씩 웃었다. 상기가 두 손에 큰 봉지를 들고 앞서갔다. 덕만도 차 안에서 상자를 들고나왔다. 그새 벌레가 물었는지 손등이 가려웠다. 긁었더니 벌겋게 부풀어

올랐다. 온몸이 가려운 듯해 나는 팔로 몸을 감쌌다. 내가 제일 싫어하는 게 벌레인데 집 안에 온갖 벌레들이 우글거릴 것 같았다. 덕만이 들어가자고 눈짓을 했다. 나는 짜증이 났다.

그만 가자.

가다니?

벌레도 물고……. 그럼 나는 차 안에 있을게. 당신이나 갔다 와.

여기까지 와서 안 들어간다고? 그게 말이 돼!

나는 가고 싶지 않았다. 저희끼리는 고향 선후배지만 나와는 상관이 없었다. 더구나 현우는 덕만에게 간혹 고마운 사람이라는 말을 들었을 뿐 결혼 후 본 적이 없었다. 모르는 사람 집에 들어가는 것도 뻘쭘했다. 집 안에 바퀴벌레가 기어 다닐지 몰랐다. 생각만 해도 몸이 오글거렸다.

상기 아니었으면 대학도 못 갔어!

덕만이 손에 든 상자를 바닥에 내려놓고 입을 열었다.

대학 등록금 납부 기일 마지막 날이었다. 그날 아침에도 등록금만 대 주면 벌어서 학교에 다니겠다고 덕만은 부모를 설득하며 통사정했다. 사람이 분수껏 살

234

아야 한다, 일찍 취직해서 돈 버는 게 낫다, 부모는 같은 말만 반복할 뿐이었다. 가난이 웬수다, 그 돈 있으면 니 아버지 허리 수술부터 해야 한다, 어머니는 옆에서 한숨을 쉬며 말했다. 덕만은 등록금 고지서를 호주머니에 넣은 채 형의 무덤을 향해 터덜터덜 걸었다. 무덤 앞에 앉아 가난한 부모를 원망하고 무력한 자신을 탓하며 생각에 잠겨 있었다. 이렇게 사느니 그냥 죽고 싶은 생각마저 들었다. 배고픈 것도 잊고 한참을 앉아 있는데 상기가 큼지막한 돼지 저금통을 들고 나타났다. 여기서 뭣 해. 돼지 잡아서 등록금 내러 가자. 실없는 말을 종종 하는 상기라 덕만은 피식 웃었다. 돼지 저금통을 털어 봤자 등록금 낼 만한 돈이 생길 리 만무했다. 상기는 씩 웃으며 호주머니에서 만 원권 뭉치를 꺼냈다. 그 많은 돈이 어디서 났을까 의심의 눈초리로 상기를 쳐다보았다. 그동안 삥땅 쳐서 모은 것인데 무전여행 갈라고 형한테도 비밀로 했지. 이거 모으려고 좆 빠지는 줄 알았네. 하며 상기는 실실 웃었다. 등록금 내러 가자며 상기가 덕만을 일으켰다. 그 돈 써도 되냐? 어떡해, 형이 더 급한데. 나중에 나 여행 꼭 보내 줘. 하지만 덕만은 암만해도 마음이 내키지 않았다. 나 대학 안 가기로 했다. 그 돈 뒀다가 여행 가라, 덕만은 일어나 집을 향해 걸었다. 상기가 뒤돌아 가는 덕만을 붙잡았다. 갈데 없지? 나랑 바람이나 쐬러 가자. 두 사람은 시내로 가는 버스를 타기 위해 걸었다. 등록금 고지서 구경이나 해 보자, 상기가 길에서 말했다. 덕만이 호주머니에서 고지서를 꺼내어 보여 주었다. 이거 필요 없지, 코나 풀게 줘, 상기는 등록금 고지서를 제 호주머니에 넣었다. 버스를 타고 충장로 한국은행 앞에서 내렸다. 돼지 잡아서 배부터 채우자, 상기가 먼저 은행으로 들어갔다. 대기 순서를 기다리다 덕만은 화장실을 갔다. 화장실을 다녀오니까 상기가 납입 도장이 찍힌 등록금 고지서를 흔들었다. 배를 가른 돼지 저금통을 쓰레기통에 버리고는 자장면 먹으러 가자, 상기가 앞장섰다. 덕만은 진심으로 고마워서 차마 고맙다고 말할 수 없었다. 다음 날, 저녁을 먹으려는데 상기 엄마가 상기 귀를 잡고서 덕만의 집으로 찾아왔다. 덕만이 나와 봐라! 상기 엄마는 다짜고짜 소리쳤다. 온 식구가 무슨 영문인가 방문을 열고 내다보았다. 니가 상기한테 돈 훔쳐 오라고 시켰제! 마당에 선 상기가 덕만을 쳐다보며 한쪽 눈을 자꾸 찔끔거렸다. 상기 엄마가 자초지종을 말했다. 곗돈을 타서 서랍에 넣어 놨는데 그 돈이 없어졌다. 집 안에 다른 물건 그대로 있는데, 도둑이 든 줄 알고 경찰에 신고하려니까 서랍 안에 든 돈만 없어질 수 없다, 상기가 더 찾아보라고 말렸다. 상기 말도 일리가 있다 생각하고 온 집 안을 샅샅이 몇 번이나 뒤졌다. 그런데 상기 하는 짓이 아무래도 수상했다. 다그쳤더니 그 돈을 잃어버렸다고 했다가, 빌려주었다고 했다가, 다 썼다, 갚을 테니 더는 묻지 마라, 횡설수설하길래 경찰에 신고하려고 다이얼을 돌리는데 상기가 전화를 끊고 이실직고했다고 말했다. 착한 내 아들이 돈에 손 댈 리가 없다. 니가 꼬셨제? 상기 엄마가 윽박질렀다. 아니야, 덕만이는 모르는 일이야. 나 혼자 한 일이라고 상기가 울먹이며 말했다. 덕만은 마당에 선 상기 엄마 앞에 무릎을 꿇었다. 아버지가 덕만이 뺨을 후려쳤다. 덕만의 엄마는 어떤 일이 있더라도 꼭 갚을 테니 말미를 좀 달라고 양해를 구했다.

상기는 그런 놈이야.

덕만이 다시 상자를 들고 앞서 걸었다. 나는 할 수 없이 느릿느릿 덕만의 뒤를 따랐다.

문을 열고 집 안으로 들어섰다. 집 안은 한낮인데도

어두침침했다. 행님 나 왔소, 덕만이랑 왔소, 하고 상기는 제집처럼 냉장고와 싱크대에 덕만의 돈으로 사 온 것들을 착착 챙겨 넣었다. 덕만이 방문을 열자 녹이 슨 경첩이 울었다. 현우 형, 나 왔소. 덕만이요. 현우는 아랫목에 시체처럼 누워 있었다. 덕만이 방의 불을 켰다. 내의 차림의 현우는 굵게 주름진 얼굴에 광대뼈가 불거지고, 볼이 움푹 팼다. 백발이 무성한 머리는 언제 감았는지 까치집 같았다. 그가 나를 올려다보았다. 나는 목례를 했다. 집사람이요, 덕만이 말했다.

냉장고를 뒤지던 상기가 소매를 걷어붙이고 뭔가를 만들기 시작했다. 가스레인지에 불을 켜고 냄비를 올렸다. 고소한 참기름 냄새가 났다. 덕만이 치질 수술로 일주일간 입원했을 때가 떠올랐다. 나는 점심 무렵 입원실을 찾았다. 열두 시 조금 지나서 상기가 병실 문을 드르륵 열고 들어왔다. 여긴 또 왜 왔을까, 나는 못마땅해 고개를 돌렸다. 상기가 보자기를 풀어 냄비를 꺼냈다. 행님 점심 전이지요. 시간 맞춰서 온다고 했는데 다행이네요. 냄비 안에는 김이 모락모락 나는 전복죽이 들어 있었다. 상기가 대접에 전복죽을 담아 국물김치를 곁들여 덕만의 앞에 차려 놓았다. 나는 웬일로 상기가 죽을 사 왔을까 생각했다. 덕만이 내 마음을 읽었는지 상기가 요리를 잘한다고 추켜세웠다. 간이 맞을런가 모르겠네, 형수님도 드셔 보셔요. 상기가 숟가락을 내밀었다. 나는 믿어지지 않아 냄비 뚜껑을 열었다. 고소한 참기름 냄새가 은은히 났다. 냄비 안에는 듬성듬성 크게 썬 전복이 반 넘게 들어 있었다. 죽집에서 산 것처럼 보이지 않았다. 끓인 죽을 곧장 갖고 왔는지 냄비가 뜨거웠다. 야, 상기 씨 대단하다. 이걸 직접 끓였어요? 그럼요, 있는 돈 없는 돈 탈탈 털었어요. 나는 병원에서 밥이 나온다는 핑계로 빈손으로 왔다. 내 손이 조금 부끄러웠다. 그즈음 덕만은 일을 핑계로 매일 만취가 되어 들어오곤 했다. 나는 술 때문에 치질이 생긴 거라고 미운 마음뿐이었다.

상기가 다 먹은 죽 냄비를 보자기에 쌌다. 형수님은 갈수록 예뻐지셔요. 빈말인 줄 알면서도 나는 벽에 붙은 거울을 슬쩍 훔쳐보았다. 화장이 번졌을까 봐 손으로 얼굴을 토닥였다. 잠시 후 행님, 갈 차비가 없소, 십만 원만 주세요. 상기는 당당히 말했다. 덕만이 지갑에서 십만 원을 꺼내어 주었다. 그러면 그렇지, 나는 속으로 말했다. 상기는 꾸벅 인사하고 나갔다. 죽 열 그릇은 먹었겠다, 나는 덕만을 쳐다보며 말했다. 내 앞에서도 맡겨 놓은 돈 찾아가듯 뜯어 가는데 내가 없을 때는 오죽할까. 남편이 아닌 다른 남자에게 예쁘다는 말을 들으니 잠시 마음이 설렜다. 덕만에게는 한 번도 들어 보지 못한 말이었다.

상기가 어느새 방으로 상을 들고 왔다. 일회용 수저까지 알뜰히 챙겨 온 모양이었다. 야, 지리산 골짜기에 앉아 제주 바다에서 온 전복을 먹다니! 현우가 감탄했다. 형, 내가 물질해서 잡아 온 거요, 상기가 수영하는 시늉을 하며 말했다. 그 말을 믿을 사람은 없지만 어쨌든 자연산인 모양이었다. 하지만 지저분한 집을 보니 먹고 싶지 않았다. 그런데도 그날처럼 맛있는 전복죽 냄새가 났다. 배가 고팠다. 배고픈 건 못 참았다. 어쩔 수 없이 일회용 숟가락을 집어 들고 죽을 한 숟가락 떠먹었다. 간도 딱 맞고 맛있었다. 별나게 전복이 고소하고 꼬들꼬들하게 씹혔다. 전복 양이 산 것과는 비교할 수도 없이 푸짐했다. 자꾸 숟가락이 죽으로 갔다. 입맛이 없다며 현우는 겨우 서너 숟가락을 뜨고는 드러누웠다. 먹어야 살아요, 상기가 권했다. 현우는 손을 저었다. 나는 죽 한 그릇을 비웠다. 배탈이 났던 덕만도 한 그릇을 뚝딱 해치웠다. 상기가 상을 들고 나갔다. 나도 뒤이어 방에서 나왔다. 거실에 앉아 있으니 심란했다. 상 위에 놓인 빈 죽 그릇에 똥파리 한 마리가 붙어 있었다. 나는 할 수 없이 일어나 설거지했다.

울먹울먹한 덕만의 말소리가 방에서 들렸다. 나는 설거지를 멈추고 귀를 기울였다. 내가 진짜 무심했소. 형 덕분에 광주에서 자리를 잡았는데, 그때 형 소개로 그 회사 안 들어갔으면 내가 오늘날 이렇게 못 살았을 거요. 바쁘다 보니 잊고 살았소, 미안하오. 나는 다시 수세미에 세제를 묻혀 그릇을 닦았다. 잠시 후 상기 목소리가 들렸다. 현우 형이 덕만이 형만 살렸는가 나도 살렸지. 나는 형들 없었으면 사람 구실도 못 하고 살았을 거요. 나한테는 둘이 은인이네. 헐, 염치가 없는 줄 알았더니 상기가 고마운 줄 알기는 하네, 나는 속으로 말했다. 주방 창에 거미줄이 눈에 들어왔다. 실리콘에 곰팡이가 슬어 있었다. 저것도 치워야 할까 잠시 고민했다.

설거지를 끝낸 뒤 손을 닦았다. 우두커니 앉아 있었다. 그날 도청에 들어가기 전 트럭 위에서 현우 형이 날 억지로 집으로 돌려보냈잖소. 그때 현우 형 아니었으면 도청에서 죽었을지도 모르지, 덕만의 말이었다. 나도 너 보내고 바로 집에 갔어, 가느다란 현우의 음성이 들렸다. 그 사실은 처음 알았다. 나는 그 열흘 동안 출근을 안 해서 좋아했었다. 형, 그때 살아서 지금 이렇게 안 보요, 상기의 말이었다. 맞다 맞어, 니들이 이렇게 찾아와 준 것만도 고맙다. 현우의 목소리가 들렸다. 나는 빗자루를 찾아 청소를 시작했다.

깔끔하게 거미줄을 걷었다. 그때 상기가 거실로 나와 바지 호주머니에서 돈을 꺼내어 옆에 걸린 현우의 점퍼 호주머니에 넣었다. 그리고는 무심히 화장실로 들어갔다. 장은 우리가 다 보게 하고 자신이 생색내며 인심을 쓰는 게 우습기도 하지만, 한편으론 너도 오죽할까 싶었다. 그래도 내 것은 갚고 살아야 재수가 있지 속으로 말했다. 세 사람이 방에서 옛이야기 나누는 소리가 도란도란 들렸다.

나는 마당으로 나왔다. 잡초가 무성할 줄 알았던 텃밭에는 쑥부쟁이이며 쑥, 냉이, 달래가 지천으로 널려 있었다. 나는 쑥을 캐기 시작했다. 저녁에는 도다리쑥국을 끓여야겠다고 생각했다. 활짝 핀 벚꽃에서 지빠귀들이 가지 사이를 날아다니며 짝짓기하는 노랫소리가 들렸다.

기꺼이 흔들리는 세계에 대하여

황녹록(문학평론가)

기꺼이 흔들리는 세계에 대하여

황녹록(문학평론가)

『첨단 칸타타 빌라』, 꽃과 밥의 불 – 협화음

어떤 관계는 '누설'의 위험을 감수하는 데서 시작된다. 단단하게 닫아 둔 나의 세계에 타인의 예측 불가능한 삶이 스며드는 순간, 관리하고 통제하던 질서에 균열이 생기는 바로 그 찰나에 우리는 비로소 관계의 문턱을 넘는다. 성보경의 『첨단 칸타타 빌라』에는 현대 도시의 가장 익명적인 공간인 원룸을 무대로 위태롭고 섬세한 누설의 순간들을 그려 낸 일곱 편의 이야기가 있다. '첨단 칸타타 빌라'라는 낡은 건물에는 밀린 월세와 시든 장미 같은 이상하고 아름다운 이야기들이 웅성거리고 있다.

무감한 얼굴의 익명들이 계약서라는 얇은 관계의 선 위에서 잠시 머물다 떠나가는 섬과 같은 곳. 매달 은행의 비싼 이자를 감당해야 하는 임대인에게 세입자는 관리해야 할 대상, 보증금과 월세, 계약 기간이라는 명쾌한 규칙으로 이루어진 '호실'로 존재하며, 그들과의 관계란 숫자로 오가는 계좌 이체 기록과 다르지 않았다. 『첨단 칸타타 빌라』에서 건물주인 '나'에게 세입자들은 월세로 환원되는 숫자에 가까웠고, 그녀의 세계는 계약서의 조항처럼 명료하고 단단했다. 그러나 어느 날부터인가, 세입자들과의 예기치 못한 마주침이 그녀의 견고한 세계에 미세한 균열을 내기 시작한다. 그리고 그 틈으로 낯선 관계의 가능성들이 속수무책으로 흘러든다. 소설은 일상의 사건들을 통해, 건물주와 세입자라는 자본주의적 관계가 계약서를 넘어 어떻게 돌봄과 이해, 새로운 윤리의 장으로 나아가는지를 담백하면서도 섬세한 시선으로 그려 낸다. 이는 지극히 세속적인 삶, 그 보통의 날들 속에 꽃과 밥이, 춤과 노래가 어느새 이야기가 되어 다가오는 순간들이다.

굳게 닫힌 문틈으로 삶의 누추함과 존엄함이 예고 없이 비집고 들어올 때, 우리의 세계는 흔들리기 시작한다. 숫자로 관리되던 타인이, 어느 순간부터 나의 일상을 흔들며 말을 거는 하나의 '얼굴'로 다가오는 것이다. 말을 걸어오는 타인의 얼굴, 그 앞에서 나의 계산은 무력해지고, 나의 규칙은 무의미해진다. 밀린 월세 대신 장미꽃 한 다발을 불쑥 내미는 절박한 얼굴, 날 선 자존심 뒤에 누구에게도 말 못한 상처를 숨긴 앳된 얼굴, 침묵 속에서도 역사의 상흔과 부채 의식을 떠올리게 하는 이방인의 얼굴, 그리고 죽음의 고통을 호소하는 무방비한 얼굴 앞에서 계약서의 언어는 힘을 잃는다. 이 얼굴들과의 마주침은 손익을 계산하는 경제적 주체였던 '나'를 타인의 고통 앞에서 머뭇거리고 망설이는 윤리적 주체의 자리로 소환한다. 작가는 예측 불가능한 얼굴들 앞에서 흔들리는 한 인간의 내면으로 우리를 이끌고, 마침내 하나의 물음을 마주하게 한다.

밀린 월세와 시든 장미, 세속화 예찬

도무지 신성할 것 같지 않은 공간, 현대의 도시는 세속적인 것들의 파편으로 가득 차 있다. 성스러운 경전 대신 계약서의 언어가, 영원한 구원 대신 월세와 관리비가 삶의 질서를 지배한다. 조르조 아감벤은 모든 것이 기능과 교환 가치로 분리된 자본주의의 질서를 '신성한' 영역에 빗대며, 그것을 본래의 용도인 인간의 삶으로 되돌리는 행위를 '세속화(profanation)'라 예찬했다.[1] 성보경의

---

1 조르조 아감벤, 『세속화 예찬—정치미학을 위한 10개의 노트』, 김상운 옮김, 난장, 2010, 108쪽.

연작 소설 『첨단 칸타타 빌라』는 '원룸'을 무대로, 돈과 계약이라는 자본주의의 '신성한 논리'를 '세속화'하며 그 너머의 다채로운 삶을 칸타타 선율로 빚어낸다. 그 세속화의 찬가는 「경우 있는 날」의 세입자 '경우 씨'를 통해 가장 먼저 도착한다. 월세가 석 달이나 밀리자 장미꽃 백 송이를 들고 와 무릎을 꿇는 그는, 자본주의 논리로는 이해하기 힘든 인간형이다. 그는 쓸모를 다해 버려진 것들, 자본의 질서에서 추방된 것들로부터 누구도 보지 못하는 가치를 발견해 낸다. 그의 손길은 상품 가치를 잃은 사물들을 그 나름의 방식으로 '세속화'하여 마땅한 자리에 되돌려 놓는다.

> 경우 씨는 행정 복지 센터 앞에 있는 꽃뿐 아니라, 공원에 있는 영산홍이나 명자나무, 꽃잔디 등을 슬쩍해 와서 화단에 심었다. 나머지는 동네 가로수 밑이나 잡초가 무성한 콘크리트 틈새, 앞집 피시방, 건너편 편의점 앞에 심었다. 쓰레기와 담배꽁초가 무성하던 동네가 꽃대궐로 변했다. (12~13쪽)

비단 꽃만이 아니다. 계약서에 명시되지 않은 노동으

로 공동의 공간을 가꾸고, 위험을 무릅쓰고 도로의 폐지를 치우며, 공간을 본래의 주인인 우리 모두에게 돌려준다. 투병 중 맞이한 그의 죽음 앞에서 화자가 밀린 월세와 빌려준 돈을 떠올리며 속물적인 계산을 하는 장면은 지극히 세속적인 애도의 시작이다. 진심으로 그의 죽음을 슬퍼하면서도, 그녀의 애도는 50만 원과 30만 원 사이에 있다. 이 계산적인 망설임, 이 미묘한 거리감이야말로 세속적인 인간이 내보이는 가장 정직한 순간이다. 그녀는 '채무'라는 자본주의의 신성한 굴레를 완전히 벗어던지지 못하지만, 그 안에서 최선의 예의를 고민한다. 이처럼 불완전하고 모순적인 방식으로 타인의 마지막을 배웅하는 것, 이것이야말로 가장 세속적인 공간에서 우리가 서로에게 가닿을 수 있는 삶의 진실을 증언한다.

경우 씨가 낡은 세대의 방식으로 자본의 논리에 균열을 냈다면, 201호 강솔과 401호 이루다 소위 'MZ세대'들은 전혀 다른 결로 기성의 세계를 흔든다. 이들은 각각 고장 난 문과 첨단의 문을 상징하며, 이해하기 힘든 젊음의 양면성을 드러낸다. 소설은 이들과의 갈등과 위태로운 화해를 통해, 타인에 대한 이해 (불)가능성 그 자체를 응시한다. 「고장 난 문짝」의 강솔은 허황된 욕망과 현실 사이에서 위태롭게 흔들리는 인물이다. 관리비 사용 내역을 요구하고, 남자 친구의 고급 외제 차를 당당히 주차하며 자신의 권리를 내세우는 그녀는 현대 도시의 논리에 충실한 젊은이처럼 보인다. 그러나 그 견고한 허상은 남자 친구에게 사기를 당하고 마트 폐기 음식으로 허기를 채우는 비참한 현실이 드러나면서 한순간에 무너져 내린다. 감춰졌던 연약한 민낯이 드러나는 순간, 뒤이어 나타난 할머니가 들려주는 고단했던 어린 시절의 서사는 그녀를 '싸가지 없는 세입자'에서 '야무지게 삶을 살아 낸 청년'으로 되돌려 놓는다.

솔이 초등학교 다닐 때 부모가 이혼하고는 섬에서 나하고 둘이 살았지라. 솔이가 손끝이 얼매나 야무진지, 할매 일 거들어 준담시로 조막손으로 청소하고 빨래하고, 꼬막 캐고 파래 따고 그랬당게. (135쪽)

「첨단 칸타타 빌라」의 이루다는 강솔과는 또 다른 방식으로 이해 불가능한 신세대의 모습을 보여 준다. 매일 카풀을 해 주는 수고에 감사를 표현하지 않는 개인주의적인 면모와, 페트병 라벨을 일일이 떼어 내며 환경 윤리를 실천하는 까칠한 원칙주의는 한 사람 안에서 기묘한 불협화음을 낸다. 허영과 비참함, 이기심과 이타심의 양극단을 오가는 두 인물의 진짜 얼굴은 그 양가성兩價性 자체일 테다. 타인을 온전히 이해하는 것은 불가능하지만 성보경의 인물들은 낯선 세대의 노래가 흘러나오는 그 아슬아슬한 경계에서 기꺼이 함께 서성이는 길을 택한다.

일상에 스민 역사의 기억

거대 서사로서의 역사는 좀처럼 제 모습 그대로 개인의 삶에 진입하지 않는다. 다만 스쳐 지나가며 삶의 예기치 않은 자리에 흔적을 남길 뿐이다.『첨단 칸타타 빌라』는 근현대사의 굵직한 정치적 사건이 평범한 개인의 삶을 통과하며 남긴 얼룩과 잔상에 대해 이야기한다. 작가는 현대 도시의 원자화된 삶을 압축하는 공간 '원룸'을, 역사의 흔적들이 잠시 머무는 임시 보관소이자 기억의 교차점으로 설정한다. 이곳에서 베트남 전쟁과 부마항쟁, 그리고 5·18 광주 민주화 운동 같은 공적 기록들은 더 이상 빛바랜 활자가 아니라, 인물들의 현재적 관계와 삶을 생성하는 살아 있는 힘으로 작용한다. 작가는 역사

250

적 사건을 전면에 내세우기보다 개인의 삶이라는 표면에 남겨진 무늬를 따라감으로써, 우리가 역사의 무게를 어떻게 각자의 몸으로 통과해 왔는지를 보여 준다.

「디케의 눈물」에서 화자는 '정의'라는 거창한 단어와 어울리지 않는 월세 '계산'에 밝은 현실적인 원룸 건물주다. 그런 그녀의 일상에 역사의 무게가 드리워지는 것은 베트남에서 온 세입자 '퉁'을 통해서다. 어느 날 퉁이 방을 보러 오고, 화자는 월남전에 참전했던 외삼촌에 대한 복잡한 기억 때문에 그에게 보증금도 없이 방을 내준다.

고엽제 후유증으로 약을 달고 사는 외삼촌이 근처 보훈 병원에 왔다 가는 모양이었다. 내가 어릴 적, 외삼촌은 월남전에서 베트콩을 수두룩하게 수확했다고 자랑했다. (…) 전쟁에서 사람을 죽여 훈장을 받은 외삼촌은 자신이 전쟁 영웅이라고 내게 주입시키려 했다. 나는 외삼촌이 사람을 죽인 인간 백정이라고, 평생 속죄하고 살아야 한다고 경멸했다. 외삼촌은 내 말에 아랑곳하지 않으며 전쟁통에서 배운 건 커피라고 했다. 외삼촌 때문에, 베트남 사람들에게 미안한 마음이 들어서 퉁을 받아들였다. (183~184쪽)

국가의 이름으로 동원된 전쟁에서 개인은, 가해자인 동시에 고엽제 후유증으로 고통받는 피해자가 된다. 역사의 비극이 남긴 마음의 빚은 어설픈 선의로 이어졌지만, 퉁은 몇 달 치 월세를 밀린 채 연락이 두절되고, 방에는 루이뷔통 가방 하나만 남겨 둔 채 사라진다. 얼마 후 다시 나타난 퉁은 오히려 큰소리를 치고, 결국 화자는 밀린 월세와 공과금을 제하는 조건으로 가방을 떠안는다. 하지만 동창 모임에 들고 나간 가방이 '짝퉁'임이 밝혀지면서 망신을 당하고 만다. 이 우스꽝스러운 사기극의 클라이맥스에서 화자는 속으로 외친다. "너희는 짝퉁 아니냐! 짝퉁에도 등급이 있어, 그래도 나는 SA급 짝퉁이야." 이 가짜 소동은 역사의 상흔을 개인의 선의만으로 감당하려는 시도가 얼마나 허무하고 위선적일 수 있는지를 보여 주는 장면일 테다. 개인의 정의감은 결국 '짝퉁'처럼 초라해질 수밖에 없다는 것. '디케'가 눈물을 흘린다면, 거대한 역사 앞에서 속물근성과 선의 사이를 우왕좌왕하는 인간 군상의 모습에 대한 안타까움일지도 모른다.

시대의 상처는 이처럼 희극적인 아이러니로 나타나기도 하지만, 때로는 「경호 오빠가 왔다」에서처럼 빛바랜 첫사랑의 추억이 현실과 부딪혔을 때의 아련함과 씁쓸함

으로 다가오기도 한다. 화자는 자신의 원룸 건물에 새로
이사 온 세입자가 어린 시절 첫사랑인 '경호 오빠'임을 알
고 설렘과 기대에 휩싸인다. 그녀의 회상에는 1979년, 부
마 항쟁이라는 역사의 거대한 소용돌이가 있었다.

　　오후에 성지곡 수원지에 가기 위해 버스 정류장으
로 향했다. 유신 정권 물러가라! 구호를 외치는 소리가
들렸다. 시민들이 합세한 시위대는 어제보다 더 많아
졌고 극렬했다. 경찰이 최루탄을 쏘았다. 최루탄에 눈
물 콧물 재채기가 쏟아졌다. 그는 내 손을 꼭 잡고 골
목으로 들어갔다. 골목 끝에서 다시 큰길로 나오자 시
위대가 보였다. 교련복을 입은 학생이 한쪽에 쪼그려
앉아 머리를 손으로 감싸고 있었다. 손가락에 묻은 피
가 가을 햇볕에 더욱 붉었다. 내 손을 잡고 있던 그의
손이 스르륵 빠져나갔다. 그가 잡고 있던 내 손을 슬
그머니 놓았을까. 내가 그의 손을 놓쳤을까. 경호 오
빠! 오빠야아- 소리쳐 불렀다. 그의 뒤통수만 보였다.
손쓸 새 없이 그는 거대한 시위대의 파도에 휩쓸려 떠
내려가고 있었다. (…) 그길로 연락이 끊겼고, 그를 다
시 만나지 못했다. 내 손안에 있던 소중한 것이 빠져나

간 허전함에 며칠 동안 빈 손바닥을 쳐다보며 앓았다.

(150쪽)

최루탄 연기 속에서 놓쳐 버린 손은 시대의 폭력이 개인의 삶을 어떻게 굴절시키는지를 보여 준다. 그날의 상처는 경찰 곤봉에 맞은 손가락의 통증으로 신체에 남고, 기억 속 첫사랑은 노년에 접어든 현실의 인물이 되어 나타난다. "싱그러운 요즘 애들이었던 우리는 어디로 사라지고 요즘 노인으로 남았을까." 거대한 파고를 지나 각자의 삶을 꾸려 온 두 사람의 시간은 다소 김빠지는 재회로 이어지지만, 작가는 이를 비극으로 마무리하지 않는다. 오히려 역사의 상처를 안고 오늘을 살아 내는 평범한 사람들의 삶을, 그 자체로 또 하나의 '사소한 역사'로서 고스란히 기록할 뿐이다.

그런가 하면, 개인의 기억을 넘어선 생존의 부채감은 「곁에 가만히 있어도 위로가 되는」에서처럼 다소 무거운 연대로서 현재의 관계를 이어 나간다. 화자는 남편 '덕만'이 그의 친구 '상기'에게 유독 약한 모습을 보이는 것을 이해하지 못한다. 상기는 염치없고 문제를 일으키는 골칫덩어리일 뿐이지만, 덕만은 늘 그를 감싸고돈다. 어느 날,

상기에게서 그들의 또 다른 친구 '현우'가 위독하다는 연락이 오고, 화자는 남편과 함께 그를 만나러 길을 떠난다. 그 여정 속에서 화자는 그동안 알지 못했던 그들의 오랜 인연의 비밀을 마주하게 된다. 그들의 관계 이면에는 5·18 광주 민주화 운동이라는 공통의 체험이 뿌리 깊게 자리하고 있었다.

그날 도청에 들어가기 전 트럭 위에서 현우 형이 날 억지로 집으로 돌려보냈잖소. 그때 현우 형 아니었으면 도청에서 죽었을지도 모르지, 덕만의 말이었다. 나도 너 보내고 바로 집에 갔어, 가느다란 현우의 음성이 들렸다. (241~242쪽)

죽음의 문턱에서 누군가의 희생으로 살아남았다는 기억, 즉 생존의 부채감은 합리적인 이해관계를 초월하는 연대를 형성한다. 이는 역사의 비극을 직접 겪지 않은 외부인(화자)은 결코 온전히 이해할 수 없는 그들만의 유대이며, 역사가 개인들의 관계를 얼마나 단단하게 묶어 놓는지를 증명한다. "그때 모두 날 외면하는데 상기가 곁에 가만히 있는 것만으로도 위로가 되더라고." 이 고백은 역사의 거대한 비극 속에서도 결국 사람을 버티게 하는 것은 아주 사소하고 인간적인 온기임을 역설한다.

성보경의 소설들은 역사를 거창한 서사로 이야기하지 않는다. 대신 월세가 밀린 방, 어색하게 다시 만난 첫사랑, 이해하기 힘든 남편의 친구 관계 같은 지극히 평범하고 때로는 누추하기까지 한 일상 속으로 역사의 흔적을 끌어들인다. 작가는 원룸이라는 파편화된 개인들의 공간으로 역사를 불러들임으로써, 가장 사적인 공간이 사실은 가장 정치적이고 역사적인 공간과 연결되어 있음을 보여 준다. 역사는 광장이나 기념관에만 존재하는 것이 아니라, 개인의 삶에 새겨진 구체적인 상처와 부채감, 그리고 그것을 안고 살아가려는 고단한 안간힘 속에서 비로소 제 모습을 드러낸다. 개인의 삶에 새겨진 역사의 무늬는 때로는 아물지 않는 흉터로, 때로는 빛바랜 추억으로, 또 때로는 끈끈한 의리로 남아 오늘을 살게 한다. 그리하여 『첨단 칸타타 빌라』가 펼쳐 보이는 것 역시, 장엄한 역사가 아니라 바로 이 '사소한 것들의 역사'이다.

욕망의 카니발, 계속되는 삶

욕망은 익숙한 세계에 균열을 내고, 그 균열의 공간에는 낯선 감각이 흘러든다. 삶을 추동하는 에너지는 바로 이 '낯섦'에서 온다. 그것은 어떤 결핍의 증거라기보다 현재를 넘어서려는 생동의 표현이며, 다른 삶을 꿈꾸게 하는 힘이다. 「최고봉은 말했다」와 「경호 오빠가 왔다」는 욕망이 생성하는 삶의 낯섦과 그로부터 발생하는 생생한 에너지를 그려 낸다. 욕망은 대상을 향한 에로틱한 매혹으로 '나'를 이끈다.

「최고봉은 말했다」에서 〈넬라 판타지아〉의 팬플루트 소리는 낯선 세계로 화자를 호출한다. 예측 가능한 하루의 리듬 속에 파고든 이국의 선율은 그녀의 세계를 단숨에 생경한 공간으로 탈바꿈시킨다. 그 소리의 주인인 '최고봉'은 단순한 연주자를 넘어, 그녀가 가 보지 않은 다른 삶, 즉 예술적 판타지를 향한 욕망의 구체적인 대상이 된다. 잠 못 드는 밤, 그의 연주를 상상하며 화자는 자신의 몸이 지금껏 한 번도 경험하지 못한 방식으로 연주되기를 꿈꾼다.

잠이 오지 않아 전봉건의 시 「피아노」를 읽는데 팬

플루트를 부는 최고봉 씨 모습이 떠올랐다. 마음이 달 떴다. 그의 연주를 들으면서 잠들 수 있다면…… 팬플루트의 음계를 넘나들듯이 내 몸을 연주한다면…… '나는 바다로 가서 가장 신나게 시퍼런 파도의 칼날 하나를 집어' 들 수 있을까. 마음이 싱숭생숭했다. 내 마음을 흔드는 이것은 무엇이지? 뜬눈으로 밤을 새웠다. (86쪽)

욕망은 가장 익숙하고 확실한 실체인 자신의 몸마저 낯설게 느끼게 함으로써 다른 삶을 꿈꾸게 한다. "내 몸을 연주한다면……". 이 에로틱한 긴장감은 그녀의 일상에 생기를 불어넣는 촉매제가 된다. 연미복을 입고 팬플루트를 부는 최고봉의 모습은 주변의 퀴퀴한 현실과 어울리지 않기에 더욱 비현실적이고 매혹적이다. 화자의 시선은 그의 얼굴과 손가락과 몸짓 하나하나를 집요하게 좇으며 대상을 탐닉한다. 물론, 이 낯섦이 주는 에너지는 영원하지 않다. 붕어빵값 팔천오백 원이 없어 카드를 내미는 그의 현실적인 모습, 젊은 연인과 함께 떠나겠다는 그의 선언 앞에서 환상은 여지없이 깨진다. 예술가라는 판타지는 생활인이라는 현실 앞에서 힘을 잃는다. 하지만 중요한 것은 판타지의 상실이 에너지의 소멸로 이어지지 않는다는 점이다. 오히려 낯섦이 주입했던 그 에너지는 방향을 바꾸어 그녀의 현실을 새로운 눈으로 보게 한다. "당신이 최고봉이야!"라는 남편을 향한 선언은, 자신의 현실을 새롭게 긍정하겠다는 유쾌한 다짐이다. 욕망의 여정은 더 단단해진 현실 감각과 뒤섞이면서 무료한 삶을 다시 응시하게 하는 힘을 준다.

「경호 오빠가 왔다」에서 욕망은 과거라는 낯선 시간의 침입을 통해 현재를 뒤흔든다. 수십 년 만에 재회한 첫사랑 '경호 오빠'는 잊고 있던 청춘의 시간을 현재로 불러오고, 지극히 일상적인 순간은 돌연 아찔하고 낯선 장면으로 변모한다. 안정된 일상에 길들여진 화자의 내면에 여전히 살아 숨 쉬는 욕망이 고개를 드는 순간이다. "만일 뒤에서 나를 확 껴안는다면……" 등 뒤에서 느껴지는 "뜨거운 느낌"은 실제가 아닌 상상이지만, 그 순간만큼은 안정된 현실을 낯설게 만드는 강렬한 에너지다. 이 짧은 상상은 과거의 기억과 현재의 육체가 충돌하며 만들어 내는 짜릿한 스파크와 같다. 시간의 더께 아래 잠들어 있던 욕망의 세포가 되살아나고, 평범했던 공간과 시간은 에로틱한 긴장감으로 가득 찬다. 물론 이 욕망 또

한 현실의 벽에 부딪는다. 기억 속의 '오빠'는 젊은이들의 다툼에 어설프게 끼어드는 '꼰대 할아버지'가 되어 버렸다. 과거의 환영이 깨지는 순간, 낯섦이 주었던 긴장은 사라지고 욕망은 동력을 잃는다. 하지만 그 짧은 순간의 에너지는 밋밋하던 삶의 표면에 파문을 일으키고, 다시 현재로 돌아온 화자의 감각을 더욱 생생하게 만든다.

욕망이 생성하는 것은 환상이 아니라 삶의 낯섦이다. 그 낯섦은 우리를 잠시 다른 곳으로 데려가지만, 결국 돌아올 곳은 지금 여기, 나의 삶이다. 그러나 욕망이라는 낯선 에너지를 통과한 삶은 이전과 결코 같을 수 없다. 두 소설의 인물들은 욕망의 대상을 소유하지 못했지만, 그 욕망하는 과정을 통해 자신의 삶을 더욱 풍성하게 만드는 에너지를 얻는다.

『첨단 칸타타 빌라』가 들려주는 것은 관계라는 불협화음 속에서 서로에게 서투르게 조율되고 끝내 완전히 이해할 수 없는 세계를 마주하는 일에 대한 이야기다. 건물주인 '나'의 견고한 세계는 돈의 논리를 거스르는 경우 씨의 시든 장미 앞에서, 까칠한 권리 주장 뒤에 상처를 숨긴 강솔의 고장 난 문 앞에서, 그리고 이해할 수 없는 원칙주의를 고수하는 이루다의 굳게 닫힌 문 앞에서 속절없이 흔들린다. 여기에 월남전과 부마 항쟁, 5·18이라는 역사의 상흔이 남긴 마음의 빚이 스며들고, 잊었던 욕망이 만들어 내는 낯선 에너지의 파문이 더해지면서 그녀의 일상은 예측 불가능한 변주로 가득 찬다. 소설은 이 모든 마주침을 통해 진정한 관계란 완벽한 이해나 동의가 아닌, 서로의 다름과 불가해한 간격을 인정하고 그저 곁을 내어 주는 작은 행위에서 시작됨을 보여 준다. 타인의 삶이 나의 세계를 예고 없이 침범하고, 나의 질서가 무너질 때, 그 흔들림을 외면하지 않고 온몸으로 겪어 내는 것. 이 소설은 바로 그 '기꺼이 흔들리는 세계에 대하여' 말하고 있는 것이다.

추천사

작가는 언제나 '무엇을 어떻게 쓸 것인가' 하는 문제로 고민한다. 어떻게 쓸 것인가 하는 방법론의 문제에 앞서 '무엇을'에 비중을 두기 마련이다. 그만큼 작가는 좋은 소재를 만나기가 어렵다. 특히 선택된 소재에서 작가가 원한 만큼의 주제를 끌어낼 수 있을 것인가 하는 문제에 신경 써야 하기 때문이다. 그런 점에서 작가에게는 소재 찾기가 중요한 과제다.

대부분의 작가는 인간의 보편적 삶의 관계 속에서 소재를 찾으려고 하며 특히 자신의 삶과 관련된 범주 안에서 문제의식을 확장하려고 한다. 성보경 작가 또한 자신의 삶과 밀접한 관계가 있는 주변에서 소재를 찾고 있다. 이 소설집에 실린 일곱 편의 소설은 첨단 칸타타 빌라에 입주하여 살고 있는 사람들을 중심으로, 다양한 삶의 이야기를 풀어 나가고 있다. 화자가 운영하는 원룸이 바로 하나의 소설 공간이 되고 있는 것이다. 같은 공간에서 저마다 각기 다른 모습으로 살고 있는 보편적 사람들의 보편적 이야기인 셈이다.

특히 같은 공간에 살고 있는 이 소설 등장인물들

은 대체적으로 특징이 없어 보이면서도 저마다 다른 삶의 내용을 보여 주고 있다. 「경우 있는 날」에서 한 곳에 오래 정착하지 못하는 떠돌이 경우 씨를 비롯하여 「최고봉은 말했다」에서 구두 수선공 최고봉, 「고장난 문짝」의 201호 식자재 마트 직원 강솔, 「경호 오빠가 왔다」의 미국에서 치아 치료를 위해 귀국했다는 502호 고향 오빠 경호, 「디케의 눈물」에서 306호 베트남 세입자 퉁, 「곁에 가만히 있어도 위로가 되는」의 301호 허풍쟁이 상기, 401호에 사는 「첨단 칸타타 빌라」의 어린이집 선생 이루다 등은 우리 주변에서 흔히 볼 수 있는 외롭고 눈물겨운 삶을 살아가고 있는 뜨내기들이다.

원룸 주인이며 화자인 나는 이 세입자들과 끊임없이 접촉하면서, 크고 작은 갈등 관계 속에서도 이해와 화해로 서로를 따뜻하게 감싸안아 준다. 가난하고 외로운 삶 속에서도 끈끈한 인간애를 보여 주는 것이다. 그리고 재미있는 것은 화자의 남편인 덕만이 각 단편 소설에도 등장한다는 사실이다.

화자와 그의 남편이 같은 공간의 사람들과 만나 이야기가 진행되고 있다는 점에서, 이 소설은 장편

연작소설의 형태를 보여 주고 있다. 원룸이라는 한 공간에서 각 호실에 살고 있는 처지가 비슷비슷한 인물들과 마주치는 이야기도 그렇고, 작품 전체적인 분위기가 하나의 주제로 이어지고 있다. 즉 거듭되는 갈등과 반전 속에서 인간적인 삶의 진정성을 보여 주는 동시에 작품의 주제를 자연스럽게 드러낸다. 특히 인물마다 상관관계가 없는 것 같으면서도 심층적으로는 내밀하고 유기적인 관계를 유지하고 있다는 점이 이 소설집의 특징이다. 같은 공간에 살고 있는 외로운 사람들의 다양한 삶을 깊이 들여다보고 공감하기를 원하는 사람들에게 이 소설집의 일독을 권한다.

―문순태(소설가)

소설은 단순한 이야기가 아니다. 사랑하고 미워하고, 상처 주고 상처받으며 살아가는, 사람의 이야기다. 그래서 좋은 작가는 소설을 통해 한계를 넘고 자신을 확장한다. 성보경의 전작『어쩌면 지금』에서 산업화 시기 소외된 계층의 슬픔을 엿보던 소녀는 성장해서 광주의 건물주가 되었다.『첨단 칸타타 빌라』는 건물주가 바라본 세입자들, 그러니까 소외된 계층의 이야기다. 죄의식 없이 공공 기관에서 심어 놓은 화초를 뽑아다 빌라 주변을 아름답게 만드는, 경우가 있는지 없는지 아리송한 경우 씨도, 야무지게 건물주 내외를 이용하지만 결국 약혼자에게 이용당하는, 약삭빠른지 어수룩한지 아리송한 강솔도 빌라의 세입자다. 아리송하기로 따지자면 세입자에게는 신과 같은 존재지만 월세 받아 대출 이자 갚기도 빠듯한 건물주 순영이 최고봉이다. 아득바득 살아가는 똑순이인데 정작 야물지는 못해 돈도 마음도 결국 손해 보는 건 자신이니까. 생각해 보면 우리 모두 그러하지 않은가? 사람 냄새가 그립다면『첨단 칸타타 빌라』를 읽으시라. 거기 꿈틀꿈틀 살아 움직이는 사람들이 북적북적 모여 살고 있을 테니.

　　　　　　　　　　　　　　　　—정지아(소설가)

작가의 말

사람이 사는 집 같은,
그런 소설을 쓰고 싶다고 말한 적이 있다.

내 살아가는 자리가 소설이 되었다.

자식을 여럿 낳다 보면
잘난 자식도 있고 못난 자식도 있기 마련이다. 부
모는 그중 못난 자식에게 손이 더 간다.
내 부족한 글도 손이 닳도록 쓰다 보면 더 좋은 자
식으로 거듭날 것을 믿는다.
우보천리(牛步千里)라는 말이 있다. 조급할 것도
천천히 걷는다고 탓할 것도 없다. 묵묵히 내 보폭으
로 걸을 뿐이다.

세 번째 책을 출간했다.

문순태 선생님, 채희윤 선생님, 정지아 선생님 그리고 광주대학교 이기호 교수님께 고개 숙여 깊이 감사드린다. 내가 가는 길을 지켜봐 주신 분들이다. 책을 만들어 준 걷는사람 출판사에도 감사의 인사를 올린다. 가족이 있기에 나는 행복하다.

2025년 겨울 첨단에서
성보경

첨단 칸타타 빌라

2025년 12월 15일 초판 1쇄 펴냄

지은이	성보경
펴낸이	김성규
편집	조혜주 최주연 권은하 한도연
디자인	신혜연
펴낸곳	걷는사람
주소	경기도 용인시 기흥구 동백중앙로 358-6, 7층 (본사)
	서울 마포구 월드컵로16길 51 서교자이빌 304호 (지사)
전화	031 281 2602 / 02 323 2602
등록	2016년 11월 18일 제25100-2016-000083호

ISBN   979-11-7501-049-9 03810

* 이 책은 광주광역시 광주문화재단의 2025년도 지역문화예술육성지원사업으로 지원받아 발간되었습니다.